AF553268

शौर्य-पराक्रम की कहानियाँ

शौर्य-पराक्रम की कहानियाँ

आचार्य मायाराम 'पतंग'

प्रतिभा प्रतिष्ठान, नई दिल्ली

प्रकाशक : प्रतिभा प्रतिष्ठान,
694–बी, (निकट अजय मार्केट) चावड़ी बाज़ार, दिल्ली–110006
सर्वाधिकार : सुरक्षित / संस्करण : 2023 / मूल्य : तीन सौ पचास रुपए
मुद्रक : नरुला प्रिंटर्स, दिल्ली ISBN 978-93-87980-13-6

SHAURYA-PARAKRAM KI KAHANIYAN

Stories by Acharya Mayaram 'Patang' ₹ 350.00
Published by Pratibha Pratishthan, 694-B, (Near Ajay Market)
Chawri Bazar, Delhi-110006

चुक गया स्रोत

'शौर्य-पराक्रम की कहानियाँ' पुस्तक के रूप में आप के हाथों में हैं। ये कहानियाँ सुनाने वाले पूज्य गुरुदेव श्री श्री श्री 108 स्वामी शिवानंद सरस्वती, विद्या वाचस्पतिजी पंचतत्त्व में विलीन हो गए। उनकी आत्मा तो अमर है, परंतु जो शरीर हमें पग-पग पर उपदेश देता था, प्रेरणा देता था, वह ओझल हो गया।

पूज्य स्वामी शिवानंदजी का परिवार राजस्थान के बूँदी नगर में रहता है। यद्यपि उनका जन्म उत्तर प्रदेश के टूंडला नगर में 22 जुलाई, 1933 को हुआ था। परंतु सुप्रसिद्ध एकरसानंदजी महाराज के परम शिष्य स्वामी शुकदेवानंदजी ने उन्हें शिक्षा-दीक्षा दी थी। परमार्थ निकेतन, ऋषिकेश (उत्तराखंड) में स्वामी भजनानंदजी महाराज के सान्निध्य में भजन किया और उत्तर प्रदेश, राजस्थान के हजारों गाँवों में घूम-घूमकर धर्म-प्रचार करते रहे। स्वामीजी रामचरितमानस, शिवपुराण तथा श्रीमद्भागवत के विख्यात कथावाचक थे। अलीगढ़ के निकट मितनपुर गाँव में उन्होंने अपने शिष्य सुदामा दासजी के आग्रह पर 'श्रीराम आश्रम' स्थापित किया। दिल्ली में बाबरपुर (शाहदरा) में एक श्रीराम मंदिर सन् 1984 में स्थापित किया। सबसे बड़ा तथा प्रमुख श्रीराम आश्रम स्वामीजी ने मुरादाबाद के पास बिलारी नगर में स्थापित किया। सन् 1995 से बिलारी में काली मंदिर तथा श्रीराम मंदिर सेवा कर रहे हैं। यहीं पर शिवानंद चिकित्सालय भी बना हुआ है। यह स्वामीजी

के शिष्यों का एक प्रमुख केंद्र है, जिसे एक ट्रस्ट चलाता है। स्वामीजी अधिकतर इसी आश्रम में रहते थे। केवल गरमी के दो मास परमार्थ निकेतन में रहते थे। उनके प्रवचनों के संकलन के रूप में मैंने 'प्रवचन पीयूष' पुस्तक सन् 2009 में प्रकाशित की, जिसके सर्वाधिकार स्वामीजी के आदेश पर अमरकंटक तीर्थ के परमार्थ निकेतन से ही संबद्ध पूज्य स्वामी शारदानंदजी को समर्पित कर दिए थे। इस पुस्तक में लिखी गई सभी कहानियों के स्रोत स्वामीजी के राजस्थान भ्रमण से ही प्राप्त हुए थे। उन्हीं के आदेश से मैंने इन्हें पुस्तक रूप दिया था। पुस्तक के प्रकाशित होने से तीन मास पूर्व ही उनके पार्थिव शरीर का अवसान मेरे लिए असहनीय वेदना देने वाला है। उनका आशीर्वाद तो सदैव मेरे साथ ही है, परंतु मैं उस प्रसन्नता से वंचित रह गया, जो उनके कर-कमल में यह पुस्तक समर्पित करने से प्राप्त होती।

पूज्य स्वामी शिवानंदजी 85 वर्ष की अवस्था में भी निरंतर पैदल चलते थे और कथा आयोजनों में भी भाग लेते थे।

13 जून को स्वामीजी एक अन्य संन्यासी तथा एक सेवक के साथ बिलारी से ऋषिकेश जाने के लिए निकले थे। मुरादाबाद से रात्रि 12.00 बजे गाड़ी पकड़नी थी। स्टेशन पर ही उन्हें कष्ट अनुभव हुआ और पानी माँगा। सेवक ने पानी पिलाया, बैंच पर ही उनका शरीर दो मिनट में शांत पड़ गया। वहाँ से दिल्ली और बूँदी आश्रम को फोन से यह सूचना दी गई। दिल्ली से उमाकांत शर्मा एंबुलेंस लेकर आए तो उनके पार्थिव शरीर का उनके परिवार के पास राजस्थान में बूँदी ले जाया गया। वहीं हजारों की संख्या में आए शिष्यों, रिश्तेदारों तथा नगरवासियों की उपस्थिति में 19 जून, 2018 अंत्येष्टि क्रिया समाप्त हुई। तेरहवीं के आयोजन में भी बूँदी में बहुत सारे लोग एकत्र हुए। 24 जून, 2018 को स्वामीजी को श्रद्धांजलि अर्पित की गई और यह निर्णय भी लिया गया कि स्वामीजी की समाधि की स्थापना उनके प्रमुख आश्रम बिलारी में ही

की जाएगी। 1 जुलाई, 2018 को श्रीराम आश्रम, सहसपुर रोड में ट्रस्ट के सदस्यों, प्रमुख धर्माचार्यों, शिष्यों तथा जनसमूह के द्वारा मंत्रोच्चारण के साथ अस्थि-कलश को श्रीराम मंदिर एवं काली मंदिर के निकट ही समाधिस्थ किया गया। उपस्थित जनों के भोजन-प्रसाद की भी व्यवस्था थी। मैं भी स्वयं दिल्ली से जाने वाले शिष्यों में सम्मिलित था। पूज्य गुरुदेव को कोटि-कोटि नमन!

—आचार्य मयाराम 'पतंग'

अनुक्रम

बाप्पा रावल

राजस्थान के एक पहाड़ी शिखर पर वल्लभी राज्य था। वहाँ के राजा शिलादित्य ने स्वयं ही 'अपराजित' उपाधि धारण कर ली। गुणों से उपाधियाँ मिला करती हैं, उपाधि से गुण उत्पन्न नहीं होते। 'अपराजित' उपाधि से कोई परमवीर नहीं हो जाता। साधारणतः पड़ोसियों में कोई अचानक धनवान हो जाए, बढ़िया मकान बना ले तो भी कई जलनखोर पड़ोसी भीतर-ही-भीतर काट करने लगते हैं। शिलादित्य का स्वयं को अपराजित कहना भी पड़ोसी राज्यों की डाह का कारण बन गया। मोरी राजा के शासक मान सिंह ने एक दिन अचानक धावा बोल दिया। शिलादित्य के पूरे परिवार को मौत के घाट उतार दिया। राज्य पर तो अधिकार कर ही लिया, परंतु रानी पुष्पावती बच गई। भाग्यवश वह अपने मायके गई हुई थी। पुष्पावती चंद्रावती राज्य की राजकुमारी थी। मानसिंह को जब यह ज्ञात हुआ तो उसने अपनी फौज का रुख चंद्रावती राज्य की ओर कर दिया। जीत ऐसी ही बावली होती है। एक बार जीत मिले तो और जीतने का स्वाद चखने की चेष्टा स्वाभाविक है। बड़े-बड़े सम्राट भी इसी प्रवृत्ति के शिकार रहे हैं।

पुष्पावती का निजी सेवक मानसिंह का मन पढ़ चुका था। अतः अपनी स्वामिनी की सुरक्षा के विचार से रानी को मायके पहुँचा दिया। पता चला वह भगवती दुर्गा के मंदिर में पूजा करने गई है। सेवक मंदिर पहुँचा। रानी ध्यानमग्न नेत्र बंद किए देवी की प्रतिमा के समक्ष बैठी थी।

रानी को लगा कि देवी बोल रही है। कानों में गूँज सुनाई दी, ''तेरी कोख में भावी सम्राट है। उसकी रक्षा करना तेरा धर्म है। आपत्ति के समय भी धैर्य और धर्म मत छोड़ना। जा तेरा कल्याण हो।''

स्पष्ट आवाज ने ध्यान भंग कर दिया। नेत्र खोले तो मंदिर के द्वार पर अपना सेवक धर्मवीर दिखा। पगड़ी और वस्त्र रक्तरंजित। वह उठ खड़ी हुई। कुछ पूछने से पूर्व ही धर्मवीर बोला, ''रानी जी! एक पल की भी देरी न करो। राजा शिलादित्य ही नहीं, समस्त परिवार मारा गया। राज्य छिन गया। दुष्ट मानसिंह अब चंद्रावती पर भी आक्रमण करने वाला है। आप गर्भस्थ शिशु की रक्षा के लिए तुरंत भाग चलो। मैं जी-जान से आपकी रक्षा करूँगा।''

हैरान रानी का मुँह खुला-का-खुला रह गया। मानो कह रही हो, ''पर जाएँगे कहाँ?'' सेवक समझ गया, ''कहीं भी, जहाँ भगवान् ले जाएँगे। सोचने का समय नहीं है। जल्दी चलो। अब घर पर भी नहीं जाना है। दुष्ट मानसिंह किसी भी क्षण आ सकता है।''

रानी और धर्मवीर तुरंत मंदिर से चल पड़े। चलते रहे। शहर, गाँव, जंगल में चलते रहे। दिन भर चले। रात को किसी अनजान गाँव में ठहरे, फिर चले। नागदा नामक गाँव पहुँचे। वहाँ एक ब्राह्मणी के घर ठहरे। ब्राह्मणी कमलावती ने उनकी कष्ट कथा पूछी, बहुत झिझक और भयभीत होने के कारण छिपाते-छपाते, धीरे-धीरे यह बताया कि वह अपने शिशु की रक्षा के लिए वन-वन भटक रही है, रानी अब नौकरानी रहकर जीवन बिताने को तैयार है। कमलावती ने पुष्पावती को अपने घर रख लिया। दोनों की सहमति हो गई कि वास्तविक परिचय किसी अन्य को नहीं बताया जाएगा।

समय पूरा होने पर पुष्पावती ने गर्भस्थ शिशु को जन्म दिया। कमलावती ने पुष्पा की सहायता की, परंतु शीघ्र ही पुष्पा को घर की सेविका के नाते सारा गृह-कार्य सँभालना पड़ा। शिशु बैठने लगा। पं.

वशिष्ठ रावल का मंदिर था, गऊशाला थी। पुरोहिताई का कार्य अच्छा चल रहा था। राजस्थानी भाषा में रावल शब्द पुजारी का पर्यायवाची है। पुष्पावती ने पुत्र का नाम तो बाप्पा रखा था, परंतु वशिष्ठ रावल के परिवार से संबंध होने के कारण गाँववाले बाप्पा को भी रावल ही जानने लगे। स्वयं बाप्पा भी रावल संबोधन से खुश होता था। यद्यपि पूजा-पाठ से अधिक उसका मन खेलकूद में तथा मार-धाड़ में गुजरता था। उसके सभी साथी भील बालक थे। उन्हीं से सीखता और उन्हीं को सिखाता रहता था। बाप्पा का निशाना भी अचूक था। बाहर से रावल होते हुए भी भीतर से क्षत्रियत्व उभर ही आता था।

उसके लक्षण देखकर रानी मन-ही-मन खुश होती। कभी-कभी कह भी देती, ''मेरे बच्चे तू राजा बनेगा।'' कभी गलती कर देता तो माँ कहती, ''राजा होकर ऐसी गलती नहीं करते। तुम तो राजा ही हो, छोटी-छोटी बातों पर बड़े लोग क्रोध नहीं किया करते।'' मंदिर की गौशाला की गउओं को चराने जाया करता, भील बालक भी साथ होते। बाजरे की रोटी, प्याज से बाँधकर ले जाता। नि:संकोच भील बालकों के साथ बैठकर खाता। तालाब के पास वटवृक्ष की छाया में विश्राम करते, खेलते और शाम को गायों के साथ वापस लौट आता।

कुछ दिनों में भील बालक बाप्पा को नायक मानने लगे। उसकी बात मानते, उसके साथ रहते व उसके नेतृत्व में खेलते। तलवार और भाला चलाना सीखते। किशोरावस्था से वह तरुणाई में पदार्पण कर रहा था। एक दिन बाप्पा को गुरु गोरखनाथजी के दर्शन हुए। पुजारी परिवार का प्रतिनिधि तो था ही, गुरु गोरखनाथजी को चरण स्पर्श करके प्रणाम किया। मुनि वेश को देखकर सभी युवकों ने उसी प्रकार प्रणाम किया। फिर गुरु महाराज ने कहा, ''बाप्पा! तुम वीर हो, तुम्हें राजा बनना है, मैं तुम्हें एक दोधारी तलवार देता हूँ। इसको लेकर तुम्हें सदा विजय मिलेगी।'' धनुष-बाण भी दिए। तरकश ऐसा कि बाण कभी समाप्त

ही नहीं होते। बाप्पा तलवार और धनुष बाण पाकर कृतार्थ हो गया। बार-बार गुरुजी के चरण स्पर्श करने लगा। गुरुजी ने कहा, "यह तुम्हारे पिछले जन्मों के सुकर्मों का फल है। प्रारब्ध से मिलता तो है, परंतु सँभालता वही है, जो परिश्रम करता है, आलस्य नहीं करता। सोचने मात्र से कुछ नहीं होता, परंतु बिना सोचे भी कुछ नहीं होता। सोचे हुए को पाने के लिए निरंतर प्रयत्न करना भी जरूरी है। भविष्य में तुम्हें लक्ष्य की प्राप्ति के लिए सतत संघर्ष करना होगा।" बाप्पा गुरु महाराज की बात ध्यान से सुन और समझ रहा था।

गुरु गोरखनाथ तो रमते जोगी थे। कहीं से आए थे, कहीं को चले गए। बाप्पा के मन में राज्य प्राप्ति की उत्कंठा जगा गए। इसके बाद बाप्पा रावल कभी नहीं भूला कि उसका लक्ष्य अपने राज्य को प्राप्त करना है। वह पुजारी ब्राह्मण ही राजवंश का उत्तराधिकारी है। इसके पश्चात् उसकी टोली सेना बन गई, वह युद्ध की प्रवीणता प्राप्त करने लगी। एक दिन वह भी आया, जब बाप्पा रावल मेवाड़ का महाराणा बना।

महात्मा का प्रसाद

बाप्पा रावल अपने साथियों के साथ न केवल गायें चराता, बल्कि खेलता, खाता और उनको शस्त्र संचालन भी सिखाता। बाप्पा के ध्यान में गुरु गोरखनाथ की बात सदा ही रहती, "कर्म करो, निरंतर कर्म करो, लक्ष्य के प्रति सजग रहकर आगे बढ़ो। सफलता निश्चित मिलेगी।" माता पुष्पावती का बताया हुआ लक्ष्य भी उसकी दृष्टि में रहता। "बेटा तुम जन्म से राजकुमार ही हो। शत्रु ने हमारा सबकुछ छीन लिया। एक दिन हमें पुनः अपना राज्य वापस लेना है। इसके लिए जो कर्म करना होगा, उससे पीछे नहीं हटना। अब बाप्पा के ध्यान में अपनी टोली को सैनिकों के रूप में तैयार करना है।"

उसके सब साथी अनपढ़, अबोध और अनजान हैं, परंतु वीर

हैं। बाप्पा उन्हें संगठित रहने की सलाह देता रहता है। एक दिन एक साथी नल राज ने पूछा, "भाऊ! संगठन का मतलब क्या होता है?" बाप्पा ने समझाया, 'देखो हम लगभग तीस-बत्तीस साथी हैं। सबमें अलग-अलग शक्ति है। अकेले, अकेले हम हिरन का शिकार कर लेते हैं, परंतु सामने हाथी आ जाए तो अकेला कोई भी नहीं लड़ पाएगा। फिर हम सब मिलकर ही लड़ेंगे। एक साथ मिलकर चलना ही संगठन कहलाता है। संगठन में शक्ति बढ़ जाती है। देखो सामने एक ईंट पड़ी है। इसमें आप ठोकर मारोगे तो यह टूट सकती है। यदि ऐसी पचास ईंटों को जोड़कर एक दीवार बना दी जाए तो ठोकर मारनेवाले का पाँव टूट सकता है, परंतु दीवार का कुछ नहीं बिगड़ेगा। संगठित होने से ईंटों की शक्ति बढ़ गई।" भील कुमार नल सिंह बोला, "अगर हम बत्तीस एक साथ धक्का मारें तो दीवार भी टूट सकती है।" बाप्पा बोला, "बिल्कुल ठीक! यही है संगठन की शक्ति। सब एक साथ एक दिशा में किसी भी कार्य को करेंगे तो सफलता निश्चित ही समझो। क्यों देवा ठीक है न?" देवा बोला, "मैं नहीं बोलता, जाओ।" बाप्पा ने कहा, "क्यों? किस बात से रुष्ट हो?" देवा, तुम रोज मेरी गाय का दूध पी जाते हो। मेरे बापू रोज मुझे डाँटते हैं। वे मेरी बात मानते ही नहीं, सोचते हैं दूध मैंने पी लिया।" बाप्पा ने कहा, "परंतु मैं भी तुम्हारी गाय का दूध नहीं पीता। फिर दूध कौन पीता है?"

मिल-जुलकर रोटी खाई, फिर सबने थोड़ी देर विश्राम किया। बाप्पा का ध्यान देवा की गाय पर ही था। अचानक देवा की धौली गाय उठी और एक ओर को चल दी। बाप्पा ने देवा को जगाया, "देवा देखो तुम्हारी गाय इस तरफ अकेली ही जा रही है। आओ छिपकर देखते हैं, यह किधर जा रही है?" दोनों गाय के पीछे पीछे चल दिए। थोड़ी ऊँची पहाड़ी पर जाकर एक झाड़ी के पीछे जाकर खड़ी हो गई। वहाँ गाय का दूध अपने आप निकलने लगा। दोनों की आँखें फटी-की-फटी रह

गईं। पास जाकर देखा तो वहाँ एक शिवलिंग था। छह इंच बाहर था, शेष धरती में दबा हुआ था। दोनों को और भी आश्चर्य हुआ कि वहाँ रखे एक पीतल के डोल में भी गाय ने अपना दूध निकाल दिया। दोनों ने तलाश किया कि डोल किसका है, गाय ने यहां दूध क्यों निकाल दिया? उन्हें ज्यादा नहीं खोजना पड़ा। डोल उठाने के लिए थोड़ी देर पश्चात् ही एक मुनि महाराज आए। लंबी-लंबी जटाएँ। लंबी काली दाढ़ी और हाथ में त्रिशूल। दोनों ने महात्माजी के चरण स्पर्श किए। महात्माजी ने आशीर्वाद दिया। बाप्पा बोला, "महाराज! आपका परिचय क्या है, गाय यहाँ अपने आप दूध कैसे दे रही है?" महात्माजी बोले, "रमते जोगी का क्या परिचय। हम तो जा रहे थे। यहां शिवलिंग देखा तो पास ही वृक्ष की छाया में कुछ दिन ठहर गए। गाय इधर आई तो हमने कह दिया। माता! हमें भी थोड़ा सा दूध दे जाया करो। तब से शिवलिंग पर तो माँ स्वयं ही दूध चढ़ा ही देती है। हमारे भिक्षा पात्र में भी दे जाती है।" बाप्पा ने कहा, "महाराज़! गाय का दूध न मिलने पर देवा के बापू उसे डाँटते हैं। आपको मैं कल से रोटी खिला दिया करूंगा, आप दूध मत लीजिएगा।"

महात्मा, "बहुत अच्छा बच्चा। शंकर भगवान् तुम्हारा लक्ष्य प्राप्त करवाएँ।"

अगले दिन से बाप्पा चार रोटी घर से अधिक लाने लगा। वह अब बच्चों के साथ नहीं, महात्मा हारीत के साथ भोजन करता। कभी फल भी ले जाता। उनकी सेवा में कोई कसर नहीं छोड़ता। माँ को पता चला तो वह भी प्रयास करके अच्छा भोजन भेजती। कभी-कभी महात्मा हारीत उपदेश भी करते। हारीत मुनि के उपदेश बाप्पा की टोली का चरित्र निर्माण कर रहे थे। उनका परस्पर प्रेम बढ़ रहा था। उनकी शक्ति विकसित हो रही थी। उनके मन में ऋषि-महात्माओं के प्रति सम्मान की भावना पनप रही थी। ऋषि अपना लक्ष्य सिद्ध कर रहे थे तथा बाप्पा

को अपने लक्ष्य की ओर बढ़ने की निरंतर प्रेरणा दे रहे थे।

चौमासा समाप्त होने का समय आ ही गया। चार मास व्यतीत होने में मात्र एक दिन शेष था। हारीत मुनि ने अपना त्रिशूल और डोल सँभाल लिया। अगले दिन प्रातः ही जाना है। बाप्पा का मन उदास होने लगा। बाप्पा ने पूछा, "तो आप कुछ दिन और नहीं रुक सकते?" मुनि ने कहा, "जितना समय रुक गया, यह विवशता ही थी। साधुओं के लिए भ्रमण ही श्रेष्ठ है, विश्राम नहीं।"

हारीत मुनि की बात सुनकर बाप्पा बोला, "आप फिर कब आकर आशीर्वाद देंगे?" हारीत मुनि बोले, "कभी नहीं, भाग्य में होगा तो फिर मिलेंगे। कोई वचन नहीं, वायदा नहीं।" बाप्पा ने कहा, "मेरा मार्गदर्शन करने के लिए क्या कृपा नहीं करेंगे?" मुनिवर बोले, "आओ मेरे साथ तुम्हारे लक्ष्य पूर्ति के लिए आवश्यक मार्गदर्शन कर दूँ।" हारीत मुनि एक ओर को चल दिए, बाप्पा उनके पीछे-पीछे। आधा घंटे पर्वत की चढ़ाई के पश्चात् एक गुफा मिली। गुफा में प्रवेश करके अँधेरे में बीस मिनट और चले तो गुफा का द्वार एक आँगन में खुला। चारों ओर पहाड़ दीवार की तरह और पचास-साठ गज का खुला आँगन। मुनि ने एक बड़ी शिला हटाई और अकूत खजाना दिखाई पड़ा। बाप्पा के आश्चर्य का ठिकाना न रहा। मुनिजी बोले, "यही है मेरा आशीर्वाद। इस संपत्ति से सेना तैयार करो और अपने लक्ष्य की पूर्ति करो। तुम कर्म करो, ईश्वर अवश्य सहायता करेगा।"

बाप्पा ने मुनि के चरण पकड़ लिये, "भगवन्! मैं लक्ष्य से भटकूँगा नहीं। इस संपत्ति का उपयोग कभी अपने लिए नहीं करूँगा।" महात्माजी ने बाप्पा के सिर पर आशीष का हाथ रखा और चल दिए। बाप्पा ने गुफा के बाहर तक तो देखा, परंतु फिर बाप्पा को महात्माजी दिखाई नहीं दिए। बाप्पा ने भी अपना वचन ईमानदारी से निभाया। उसी संपत्ति से बाप्पा ने सेना तैयार की। शस्त्र खरीदे, घोड़े खरीदे, पारिश्रमिक

दिया, सेना सजाई। कभी अपने लिए, अपनी सुख–सुविधा के लिए उस धन का व्यय नहीं किया। बाप्पा की दृष्टि में यह महात्मा का प्रसाद लक्ष्य पूर्ति के लिए ही मिला है। इसका दुरुपयोग कभी नहीं किया जाना चाहिए। सेना में भील युवक जुड़ते चले गए। ईडर रियासत में कुछ महीने में ही बाप्पा भील सेना के सेनापति बन गए, सर्वत्र उनके नाम की जय–जयकार होने लगी।

□

कलियुग में भी भीष्म पितामह

मेवाड़ के महाराणा राजस्थान में विशिष्ट सम्मानित माने जाते हैं। उन्हीं राणाओं में एक सम्मानित नाम है महाराणा लक्ष्मण सिंह, जिन्हें महाराणा लाखा के नाम से जाना जाता है। उनकी पटरानी से दो पुत्र थे—राव चूँडा और राघव सिंह। एक बढ़ई कन्या से भी उन्होंने विवाह किया था, जिससे दो पुत्र थे, चाचा सिंह और मेरू सिंह। परंतु शीघ्र ही दोनों पत्नियाँ राम को प्यारी हो गई थीं। राव चूँडा सबसे बड़े थे, वीर थे, विद्वान थे, उन्हें महाराणा लाखा ने युवराज का पद प्रदान कर दिया था। अतः शासन के सब दायित्व तथा अधिकार सूत्र राव चूँडा के हाथ में ही थे।

निकटस्थ राज्य मंडोवर के राजकुमार रणमल अपने पिता से नाराज होकर पाँच सौ घुड़सवारों के साथ मेवाड़ के राणा लाखा के पास आ गए थे। राणा लाखा ने उन्हें अपने दरबार में सम्मानित स्थान दे दिया था। राणा चूँडा समवयस्क थे, अतः परस्पर मैत्री भाव विकसित हो गया था। एक दिन महाराणा लाखा राव चूँडा तथा रणमल को अपने साथ लेकर शिकार खेलने गए। किसी गाँव के निकट से निकले तो एक बरात जा रही थी। बरात-तो-बरात है। सब बराती शान से सजे हुए थे। दूल्हा तो फिर दूल्हा राजा, ठहरा मुकुट लगाए पालकी में से कभी कभी झाँक लेता था। सुंदर जड़ाऊदार अचकन, पीला दुपट्टा और कमर में लटकती म्यान सहित तलवार। सबका मन दूल्हे को देखने को लालायित था। ये

तीनों भी पलभर को रुके। उसकी माला, उसका मुकुट, उसकी आँखों में काजल, हाथों में मेहंदी। गाँव की महिलाएँ तो दूल्हे के दर्शन के लिए कनखियों से देखने को आतुर रहती हैं। रणमल ने कहा, "वाह! क्या शान है?" राव चूँडा बोले, "शान क्यों न हो? दूल्हा जो है।" महाराणा लाखा भी अपनी भावना अभिव्यक्त करने से न चूके, "अरे भई! दूल्हा-तो-दूल्हा ही है। अब हमें कौन दूल्हा बनाएगा? हमसे कौन विवाह करना चाहेगा?" सभी जोर से हँस पड़े। बात आई-गई हो गई, परंतु राव चूँडा को लगा कि महाराणा के मन में विधुर होने का काँटा कहीं चुभ रहा है? उनकी पीड़ा पुत्र चूँडा को दुःखी कर गई। शिकार से लौटकर भी वह सोचता रहा।

राव चूँडा ने उस दिन रणमल से ताने के लहजे में कहा, "कैसे मित्र हो, कभी अपने घर भोजन पर भी आमंत्रित नहीं करते?" रणमल बोले, "आप तो सदैव आमंत्रित हैं। जब भी मेरी कुटिया पर पधारेंगे, मैं स्वयं को धन्य मानूँगा। वास्तव में राणा चूँडा की दृष्टि रणमल की बहन पर थी। उसकी आयु सत्ताईस वर्ष हो चुकी थी। राजपूतों में किसी कन्या की इतनी आयु तक शादी न होना बड़ा बुरा माना जाता है। स्वयं चूँडा की आयु भी पच्चीस से कम थी। राव चूँडा उसका विवाह अपने पिता राणा लाखा से करवाने की चेष्टा में थे।

उस दिन प्रातः भ्रमण करके लौट रहे युवराज चूँडा एक ब्राह्मण मित्र के साथ रणमल के घर पहुँच ही गए। रणमल ने दिल खोलकर स्वागत किया। उनके लिए बढ़िया अल्पाहार बनवाया। बहन हंसाबाई ने सबको अल्पाहार परोसा। सभी को बाई ने बड़े प्रेम से नाश्ता करवाया। इस बीच बातचीत चलती रही। कभी मेवाड़ की बात चली तो कभी पड़ोसी राज्यों की। समय जाँचकर राव चूँडा ने रणमल से अपने पिता महाराणा लाखा के लिए हंसाबाई का हाथ माँगा। रणमल बहुत हैरान थे, बोले, "मुझे यह जानकर प्रसन्नता हो रही है कि आपने मेरी बहन

को मेवाड़ की महारानी बनाने का अवसर दिया। यदि राव चूँडा अपने लिए मेरी बहन का हाथ माँगते तो मुझे प्रसन्नता होती, महाराणा की आयु तथा मेरी बहन हंसा की अवस्था में तो बहुत अंतर है।'' रणमल ने प्रारंभ में तो हँसकर इनकार कर दिया। राव चूँडा ने कहा, ''अभी तक राणा स्वस्थ हैं। अभी हम युद्ध कौशल में उनकी समानता करने योग्य भी नहीं हैं। आप अच्छी तरह विचार कर लें। घर पर भी विमर्श करके निर्णय करके मुझे बता दें। होगा वही, जो आप तय करेंगे। रणमल और हंसा ने विचार किया तथा प्रस्ताव को स्वीकार कर लिया। एक पावन तिथि सुनिश्चित करके मंडोवर की राजकुमारी हंसाबाई का विवाह राणा लाखा से कर दिया गया। खूब धूमधाम से विवाह हुआ। मंडोवर से ही विवाह की सब रस्म अदा की गईं। राठौड़ वंश की हंसाबाई महाराणा सिसोदिया के राजमहल की शोभा बन गई। रणमल के ही एक साथी ने पूछा, ''युवराज! मेरी एक शंका का समाधान करवा दें तो अति कृपा होगी।'' युवराज बोले, ''निःसंकोच पूछिए।'' युवक बोला, ''हंसाबाई और उसके पुत्र की महाराणा के बाद क्या स्थिति होगी, ''कही उन्हें आप राज्य से निकाल तो नहीं देंगे?'' राव चूँडा को लगा कि मेरे वचन और चरित्र पर शंका की जा रही है, अतः उन्होंने हाथ में गंगाजल लेकर एक भीषण प्रतिज्ञा कर डाली, ''मैं महाराणा लाखा का ज्येष्ठ पुत्र राणा चूँडा गंगा मैया की सौगंध लेकर कहता हूँ कि महारानी हंसाबाई का जो भी पुत्र होगा, मैं उसे सिंहासन सौंप दूँगा और स्वयं उसकी रक्षा करूँगा। प्राण देकर भी मैं अपनी प्रतिज्ञा का पालन करूँगा।''

मेवाड़ में एक बार पुनः भीष्म प्रतिज्ञा दोहराई गई। सिंहासन का मोह त्याग दिया। सेवा का सुयश अपनाया। सुरक्षा का आश्वासन भी दिया। सेवा का भरोसा भी दिलवाया। भारत भूमि पर ही ऐसी घटना संभव है। एक बार नहीं; दो-दो बार राज्य की सत्ता के लोभ को लात मारकर सेवा का सन्मार्ग अपनाया गया। समय आया देख राव चूँडा ने

अपने छोटे भाई मोकल को शासन सँभालने की सभी रीति-नीति भी सिखाई। मोकल धीरे-धीरे बड़ा होने लगा। खेल-खेल में सीखने और समझने लगा।

महाराणा लाखा स्वस्थ दिखाई देते थे, परंतु आयु तो बड़ी थी ही। बालक मोकल छह वर्ष का भी नहीं हुआ था, महाराणा लाखा स्वर्ग सिधार गए। राणा चूँडा ने अपनी भीष्म प्रतिज्ञा के अनुसार मोकल को सिंहासन पर बिठाया तथा स्वयं संरक्षक बनकर सुरक्षा करने लगे। सत्ता के मोह का वास्तविक जीवन में त्याग कलियुग में बड़ी बात थी। राणा चूँडा ने एक बार पुनः भीष्म बनकर पिता का विवाह कराया था, अब सौतेले भाई को राज्य का भार सौंप दिया। स्वयं को सत्ता और शासन से अलग कर लिया। श्रीराम की तरह भारत के लिए राज्य को सौंप दिया। यह घटना केवल भारत में ही हो सकती है। विश्व में तो यह अविश्वसनीय है। राव चूँडा को सारे मेवाड़ ने मस्तक झुकाकर नमन किया। हम भी ऐसे महापुरुष को नमन करते हैं।

□

वचन की रक्षा, वतन की रक्षा

महाराणा लाखा के पश्चात् महारानी हंसाबाई के पुत्र राणा मोकल ने चित्तौड़ का सिंहासन सँभाला। स्वयं महाराणा चूँडा ने उसकी सुरक्षा का भार सँभाला। बड़ी कुशलता से मेवाड़ का शासन चल रहा था। मोकल के वे (राणा चूँडा) शिक्षक, संरक्षक, सभी कुछ थे। राणा चूँडा मेवाड़ ही नहीं, राजस्थान के सभी राज्यों में अपने सदाचार, व्यवहार, वीरता एवं न्यायप्रियता के लिए ख्याति प्राप्त कर रहे थे। कभी धन-दौलत और कभी प्रसिद्धि भी ईर्ष्या, द्वेष का कारण बन जाती है। रणमल्ल राणा चूँडा की बढ़ती लोकप्रियता से द्वेष करने लगा। उसने अपनी बहन महारानी हंसाबाई और भानजे गोकल के कान भरने शुरू कर दिए। वह हर निर्णय पर यही कहता, ''गाय के लिए तो मोकल को राणा बना रखा है, परंतु वास्तव में तो शासन स्वयं चूँडा ही कर रहे हैं। हर समस्या पर निर्णायक राय राणा चूँडा की ही होती है। दिखावे के लिए उन्होंने राजसिंहासन छोड़ दिया है, परंतु हर बात में उनकी राय सर्वोपरि है। यहाँ तक कि रनिवास के मामलों में भी महारानी की राय नहीं ली जाती।

मोकल धीरे-धीरे बड़ा हो रहा था। मामा रणमल की बातें कभी-कभी बहुत प्रभावित कर देतीं। मामा ने उसके मन में भी यह चाह जाग्रत् कर दी कि मेरा निर्णय प्रमुख हो। मेरी आज्ञा सब मानें। महाराणा मैं हूँ, यह सबको अहसास होने लगे, तभी संतुष्टि होगी। मोकल की पीड़ा

माँ हंसाबाई की भी समझ में आ गई। यद्यपि वह ज्येष्ठ पुत्र राणा चूँडा पर प्रगाढ़ विश्वास रखती थी, परंतु पुत्र और भाई की बातों से प्रभावित होना स्वाभाविक है।

धुआँ भी आग का ही रूप होता है। अंदर-अंदर यह धुआँ सुलगता रहा और एक दिन आग बन गया। चिनगारी अंगारा बनकर धधक उठी। महारानी ने राव चूँडा को बुलाकर कह ही दिया, "आप कहें तो मोकल को लेकर मैं मेवाड़ त्यागकर कहीं भी चली जाऊँगी। आप सुख से अपना राज्य सँभालें।" राव चूँडा को काटो तो खून नहीं। उन्होंने हतप्रभ होकर कहा, "मैं तो मात्र सेवक हूँ। यदि मुझसे कहीं कुछ दोष, अपराध बन गया तो क्षमा कीजिए।" हंसाबाई बोली, "अब महाराणा मोकल है न, उसकी आज्ञा का पालन होगा।" राणा चूंडा ने सिर झुका दिया, "क्यों नहीं? उनकी आज्ञा ही राजाज्ञा है।" महारानी कहा, "तो मोकल की आज्ञा यही है कि आप मेवाड़ से कहीं दूर चले जाएँ।"

ऐसी आज्ञा के पश्चात कोई भी स्वाभिमानी व्यक्ति कैसे रुक सकता है। राजा चूँडा ने अपना मौन तोड़ा, "माते! मोकल ही महाराजा हैं। मैं एक सेवक हूँ। यदि मेरी सेवा की मेवाड़ को आवश्यकता नहीं रही तो मैं अभी इसी समय मेवाड़ से जा रहा हूँ। जब कभी मेरी आवश्यकता हो मुझे संदेश भेजिएगा। मैं उपस्थित होकर सेवा करूँगा। मैं मेवाड़ की रक्षा के लिए वचनबद्ध हूँ, परंतु आऊँगा तभी, जब आप बुलाएँगी।" राजा चूँडा उसी दिन मेवाड़ छोड़कर गुजरात की ओर चला गया।

रणमल राठौर की लालची दृष्टि मेवाड़ पर थी। वह अपने स्वार्थ के लिए ही बहन और भानजे को बहकाता रहता था। राणा चूँडा ने जाते-जाते राघवदेव (अनुज) को मोकल और मेवाड़ की सुरक्षा का भार दे दिया था, साथ ही रणमल से सावधान रहने की सलाह भी दे दी थी। अब राघव देव अपना दायित्व समझकर सब कार्य करता था। अत: रणमल राघव देव को भी हटाने की तरकीब सोचने लगा था। एक बार

राघव किसी शत्रु राज्य को जीतकर लौटा। रणमल ने उसके सम्मान की व्यवस्था की। भोज का आयोजन किया गया था। राघव सिंह के लिए एक अंगरखा बनवाकर दिया गया, जिसकी बाँहें अंदर सील दी गईं। पहनते ही हाथ उसमें फँस गए। उनके अंगरक्षकों को ही उन्हें मारने की जिम्मेदारी दी गई थी। हाथ तो फँसे ही थे। उनका सिर सुरक्षाकर्मी ने काट दिया। वह वीर, जो रण जीतकर आया था, निहत्था ही मारा गया। महलों में शोर मच गया। हत्यारे सैनिक राठौर थे। रणमल शोर सुनकर वहाँ पहुँचा और उन दोनों सैनिकों के सिर एक झटके में उड़ा दिए। यह योजना रणमल की थी। उस प्रमाण को ही समाप्त कर दिया। रणमल की इस धोखेबाजी को कोई न जान सका।

उधर राव चूँडा चित्तौड़ से दूर चले गए। राजपूत भीख माँगकर पेट नहीं भर सकता, अपनी तलवार के दम पर जीना जानता है। वह माँडू के सुलतान के पास चला गया। सुलतान ने उसे अपनी सेना में वरिष्ठ अधिकारी नियुक्त कर दिया। काठियावाड़ में कुछ विद्रोही भड़के तो सुलतान ने राव चूँडा को विद्रोह दबाने के लिए वहाँ भेज दिया। उससे भी आगे हिल्लोर की जागीर राव चूँडा को सौंप दी। चूँडा को विद्रोह दबाने में सफलता मिल गई। हिल्लौर का शासक बनकर वह अपने राज्य से बहुत दूर हो गया। भाई राघवदेव की हत्या का समाचार भी उसे बहुत बाद में मिल पाया।

समय का चक्र कैसे घूमता है, माँडू के सुलतान ने ही चूँडा से कहा, "आओ! हम चित्तौड़गढ़ पर आक्रमण करें। अपने अपमान का और भाई की हत्या का बदला तुम भी लेना। रणमल को भगा देंगे और मेवाड़ पर कब्जा कर लेंगे। मोकल में तो कोई दम ही नहीं, परंतु हर राजपूत जयचंद नहीं होता।" राव चूँडा ने कहा, "सुलतान! अपने घर का झगड़ा हम स्वयं सुलटा लेंगे। आपको कष्ट उठाने की कोई आवश्यकता नहीं।" सुलतान दिलावर खाँ की दिल की बात दिल में ही रह गई।

महाराणा लाखा के भी दो सौतेले भाई थे। राणा खेत सिंह ने एक बढ़ई की कन्या से विवाह कर लिया था। उसके दो पुत्र चाचा सिंह और मेरूसिंह थे। राजपरिवार में उत्पन्न होकर भी उन्हें अपेक्षित सम्मान नहीं मिला था। एक बार एक दरबारी ने राणा मोकल से पूछा, "क्या आपको पता है कि यह लकड़ी किस वृक्ष की है?" राणा वृक्ष की छाया में बैठे थे। बोले, "मुझे इस वृक्ष की कोई जानकारी नहीं है।" सरदार ने कहा, "कोई बात नहीं चाचा और मेरू से ही पूछ लो। इन्हें तो सभी लकड़ियों की पहचान होगी।" सीधे स्वभाव मोकल ने कहा, "हाँ चाचा! आपको तो पहचान होगी। बताइए यह कौन सा वृक्ष है?" मोकल ने तो सहज भाव से पूछा था। उसने न व्यंग्य किया था, न अपमान किया था, परंतु चाचा और मेरू सिंह ने समझा कि बढ़ई माँ के बेटे होने के कारण हम पर तंज कसा गया है। उन्होंने मन-ही-मन अपमान का बदला लेने की ठान ली।

उस दिन रात गहरी काली थी। अमावस्या को चंद्रमा छुट्टी पर था। नागौर में डेरा लगा था। मोकल और उसकी माँ हंसा बाई सब सोए पड़े थे। चाचा और मेरू के कुछ साथी आए और अचेत सोए हुए मोकल पर वार कर दिया। न सँभलने का अवसर मिला, न भागने का। शोर भी नहीं मचा सके। राणा मोकल, महारानी हंसाबाई और भलेसी रानी डांडिया बड़ी वीरता से लड़े। लगभग बीस विद्रोही उन्होंने मौत के घाट उतार दिए। अंत में ये स्वयं भी वीरगति को प्राप्त हुए, परंतु चाचा और मेरू बचकर निकल गए।

राणा मोकल तो मारे गए, परंतु राणा का पुत्र कुंभा बच गया। वह किसी अन्य तंबू में सोया था। वह तब मात्र छह वर्ष का रहा होगा। सुरक्षाकर्मियों ने कुंभा और उसकी माता सौभाग्य देवी को सुरक्षित चित्तौड़ पहुँचा दिया। उन दिनों राव रणमल मेवाड़ में नहीं था। वह मारवाड़ के मंडोवर में था। उसके भी भाइयों में पिता की मृत्यु के बाद

गद्दी के लिए संघर्ष चल रहा था। रणमल को भानजे मोकन की हत्या का पता चला तो उसने चाचा और मेरू को मार गिराया। उसने चित्तौड़ के सभी मुख्य द्वारों पर राठौर सैनिक नियुक्त कर दिए। भीतर-ही-भीतर वह किले पर अधिकार करने की योजना बना रहा था। कुछ हितैषियों ने रानी सौभाग्यदेवी और राजकुमार कुंभा को रणमल के षड्यंत्र की जानकारी दे दी। एक अचानक घटी घटना ने सबको सचेत कर दिया।

राणा कुंभा की एक दासी थी, जो सुंदरी और देशभक्त थी। मदिरा पीकर रणमल मस्त था। उसका अपने दिलो-दिमाग पर काबू न था। रणमल ने उस दासी को जबरन अपनी वासना का शिकार बना लिया। वह रणमल से बदला लेने की सोचने लगी। शक्ति से वह कभी रणमल को नहीं हटा सकती थी तो उसने अपने हाव-भाव से रणमल पर काबू कर लिया। एक दिन वह बहुत देर से रणमल के पास पहुँची तो वह नाराज हुआ। देर से आने का कारण पूछा। दासी बोली, ''मैं राणा कुंभा की दासी हूँ। वहाँ का काम निपटा कर ही तो आ सकती हूँ। पहले उनकी सेवा मेरा कर्तव्य है।'' रणमल के मुँह से भीतर का षड्यंत्र अचानक बाहर आ गया। उसने कहा, ''मेरी प्यारी! कुछ दिन की बात और है। न यह राणा कुंभा रहेगा, न इसकी माँ सौभाग्य देवी। मैं राणा बनूँगा। और तू मेरी रानी होगी। फिर हमें कोई रोकने-टोकनेवाला न होगा।'' दासी के मस्तिष्क और मन पर शब्द चुभ गए। अब तक वह रणमल को वासना का कीड़ा समझती थी। आज उसके विश्वासघाती और नमकहराम होने का पता चला। वह माता हंसाबाई के पास पहुँची। सारी बात बताई और रणमल के षड्यंत्र की जानकारी दी। यद्यपि रणमल माता हंसाबाई का भाई था, परंतु अब वह सिसोदिया परिवार की राजमाता थी, राणा कुंभा की दादी माँ। राणा पर आँच आने की आशंका से ही वह सिहर उठी। अपने भाई पर उसे बहुत क्रोध आया। दासी को समझाते हुए राजमाता ने कहा, ''तू उस दुष्ट की प्रेमिका बनी रहे। उसके गुप्त षड्यंत्रों से मुझे

अवगत कराती रह। मेवाड़ की रक्षा में मेरा सहयोग कर। दासी ने रणमल का विश्वास और जीत लिया। नशे में रणमल जो भी रहस्य प्रकट करता, दासी राजमाता को बता देती।

कभी-कभी अपने पराए हो जाते हैं। आज सगा भाई रणमल उसके परिवार का शत्रु हो चुका था। वह परिवार के बच्चे-बच्चे तक को जान से मारने को तत्पर था। राजमाता को ऐसे समय में महाराणा लाखा के ज्येष्ठ पुत्र राव चूँडा की याद आई, आपत्ति में अपने हितैषियों की, अपने सगे-संबंधी तथा मित्रों की, अपनों की याद आना स्वाभाविक है। राजमाता हंसा ने पुरोहित नागराज को बुलवाया। नागराज पुरोहित देशभक्त था। राजमाता ने उसको आनेवाले संकट की जानकारी दी तथा एक पत्र लिखकर दिया, जिसे राव चूँडा तक अतिशीघ्र पहुँचाना आवश्यक था। वैसे तो राणा चूँडा को निर्वासित किया गया था, परंतु जाते समय उनके वचन अब रानी हंसा को स्मरण आ रहे थे। कानों में गूँज रहे थे, ''राजमाता! मेवाड़ के शत्रुओं से सावधान रहना। यदि मेवाड़ पर कभी आपत्ति आए तो मुझे संदेश भेजना। मुझे मातृभूमि प्राणों से अधिक प्रिय है। मैं प्राण देकर भी इसकी रक्षा करूँगा।'' राणा चूँडा के लिए राजमाता का संदेश लेकर राजपुरोहित नागराज अपनी ऊँटनी पर सवार होकर तुरंत चल दिया। चूँडा तो गुजरात में था। पुरोहित ने न दिन देखा न रात, बिना विश्राम के इतनी लंबी यात्रा तय कर ली। राव चूँडा राज पुरोहित को देखकर चकित हो गए। ''नागराज! पंडितजी आप यहाँ कैसे, मेवाड़ में सब ठीक तो हैं?'' राजपुरोहित के नयनों में आँसू छलक आए।

''कुछ भी ठीक नहीं है। राजमाता ने आपके नाम संदेश भेजा है।'' पंडितजी ने पत्र निकालकर पकड़ाया। पत्र पढ़कर पहले तो राणा को क्रोध आया। माता के उस दिन के व्यवहार की स्मृति से घृणा आई, परंतु अगले ही पल उसकी देशभक्ति, उसका क्षत्रियत्व जागा। तब

उसने कहा, ''पंडितजी! आप जाएँ। राजमाता को मेरा संदेश दें। चिंता न करें। मैं तुरंत पहुँच रहा हूँ।'' पंडितजी को राजा ने भोजन करवाया और विदा कर दिया।

चित्तौड़ के पास ही एक कस्बा था, गोसुंडा! दीपावली के अवसर पर वहाँ मेला लगता था। दूर-दूर तक की जनता वहाँ आती थी। महाराणा उसमें अवश्य पधारते थे। संदेश में राजा चूँडा ने उसी मेले में पहुँचने का आश्वासन दिया था। महाराणा की ओर से भोज का प्रबंध किया जाता था। मेला लगा तो राजमाता की निगाहें प्रतीक्षा कर रही थीं। अचानक शाम के समय बावन घुड़सवार भीलों के साथ चूँडा का गोंसुडा में प्रवेश हुआ। मेले से कुंभा की सवारी वापस चित्तौड़ पहुँची, उन्हीं के पीछे भीलों के वेश में राजा चूँडा और सैनिक भी चित्तौड़ में प्रवेश कर गए।

दूसरी ओर दासी भारी श्रृंगार करके रणमल सिंह के पास पहुँची। उसने रणमल को अपने हाथ से शराब के प्याले-पर-प्याले पिलाए। जब वह पी-पीकर बेहोश हो गया तो उसे पलंग पर ही बाँध दिया। तभी राणा चूँडा नंगी तलवार लिये जा पहुँचे। रणमल की आँखें तो खुली थीं, परंतु हाथ-पाँव बँधे थे। राणा चूँडा की तलवार के एक वार से ही सिर कटकर अलग जा गिरा। दासी ने भी तलवार खींची और धड़ के टुकड़े-टुकड़े कर दिए। रणमल के कक्ष से बाहर निकलते ही चूँडा के सैनिकों ने राठौर सैनिकों को खोज-खोज, कर मारना शुरू किया। राणा चूँडा और महाराणा कुंभा की जय का उद्‍घोष गूँजने लगा। चूँडा के सैनिक और साथी सब आ मिले। अगले दिन सूर्य उगने के साथ ही महाराणा कुंभा की जय-जयकार से चित्तौड़ का वातावरण गूँज उठा। उसी महाराणा कुंभा ने मेवाड़ के शत्रुओं के दाँत खट्टे कर दिए और अपना 'कीर्ति स्तंभ' स्थापित किया। राणा चूँडा का त्याग ही महाराणा कुंभा की विजय की नींव का पत्थर बना।

□

हम्मीर बने महाराणा

मेवाड़ का गौरवशाली राज्य अब कैलवाड़ा की पहाड़ियों में सिमट गया था। महाराणा अजय सिंह चित्तौड़ को वापस नहीं ले पाए थे। युद्ध करते-करते शरीर भी जर्जर हो चुका था। कैलवाड़ा में भी पूरी तरह सुख-चैन नहीं मिल पा रहा था, तभी एक और चिंता सिर पर सवार हो गई। एक डाकू पीछे पड़ गया। उसका नाम था मुंजा। मुंजा बिलोचिस्तान का मुसलमान था। इसीलिए लोग उसे मुंजा बिल्लोचा कहते थे। वह किसी भी रात को अचानक हमला करता और खून-खराबा करके जो भी धन-माल हाथ लगता, ले जाता था। महाराणा अजयसिंह के पास उसकी शिकायतें निरंतर आती रहतीं। महाराणा ने एक दिन उससे भिड़ने की सोची। राजा वृद्धावस्था में प्रवेश कर चुके थे और वह चढ़ती जवानी में था। मुकाबला बहुत देर चला, परंतु डाकू मुंजा काबू में नहीं आया। वह राजा पर वार करके भाग गया। वार राजा के सिर पर लगा। घाव गहरा लगा, परंतु प्राण बच गए। महाराणा अजय सिंह के दो पुत्र थे—सिंह और क्षेत्र सिंह। बड़ा पंद्रह साल का, छोटा तेरह साल का। दोनों को बुलाकर महाराणा बोले, ''मैं अब अधिक दिन जीवित नहीं रहूँगा। चोट बहुत गहरी है। इस मुंजा डाकू का अंत अब तुम दोनों को ही करना है।'' पुत्रों ने कहा, ''जब आप उसका मुकाबला नहीं कर पाए तो हमें तो युद्ध का कोई अनुभव ही नहीं है, हम उसका क्या बिगाड़ सकेंगे?''

पुत्रों के इस कायराना उत्तर को सुनकर महाराणा अजय सिंह की

चिंता और बढ़ गई। पुत्रों ने राजपूती आन और साहस के विपरीत उत्तर दिया था। तभी राणा के एक वृद्ध सेनानायक ने बताया, ''महाराणा! आपके अग्रज राजा हरिसिंहजी ने उनवां में एक वीर राजपूत-कन्या से विवाह किया था। वह अपने पुत्र के साथ उनवां में ही रह रही है। बेचारी किसी प्रकार अपने पुत्र को पाल रही है। मेरा आग्रह है कि आप उसे कैलवाड़ा बुलवा लें। वह भी आपके वंश का अंश है।'' महाराणा को पता तो था, पर याद नहीं था। उन्होंने उसी समय एक पत्र लिखकर उनवां के लिए एक सैनिक रवाना किया। सैनिक ने चंद्राणी देवी को पत्र दिया। पत्र का संदेश पाते ही वह अपने पुत्र हम्मीर के साथ कैलवाड़ा को चल पड़ी। महाराणा रुग्ण शैय्या पर थे। उन्होंने भाभी चंद्राजी का स्वागत किया। भतीजे हम्मीर को कहा, ''बेटा! तुम्हारी वीरता और साहस की मैं प्रशंसा करता हूँ। मेरी यह दशा डाकू मुंजा ने की है। मैं चाहता हूँ कि तुम उस मुंजा को मारकर मेवाड़ की चिंता समाप्त कर दो।''

हम्मीद भी सोलह साल का था। उसने तुरंत चाचा की चिंता हर ली, ''आप बिल्कुल दु:खी न हों। मैं उस दुष्ट मुंजा का मस्तक लाकर आपके चरणों में रख दूँगा। यदि ऐसा न कर सका तो कभी आपको मुख नहीं दिखाऊँगा।'' महाराणा अजयसिंह ने उसके सिर पर हाथ रखकर आशीर्वाद दिया और विजयी होने की कामना व्यक्त की।

हम्मीर ने अपने साथियों की एक सेना ही बना ली थी। वे सभी मुंजा की खोज में जुट गए। वह कब आएगा, कहाँ आएगा, इसकी जानकारी पाते रहे। एक दिन हम्मीर को जानकारी मिली कि मुंजा एक छोटी पहाड़ी पर आनेवाला है। वहाँ वह रात को नृत्य देखेगा तथा जश्न मनाएगा। हम्मीर ने अपने साथियों को तैयार किया। रात्रि को हम्मीर ने पहाड़ी के संकरे मार्ग पर अपने सैनिक तैनात कर दिए। कुछ को साथ लेकर नशे में मौज मनाते मुंजा पर आक्रमण कर दिया। नशे में डूबे मुंजा

के साथी अचानक हुए आक्रमण का सामना न कर सके। भागने लगे तो पहले से तैनात हम्मीर के सैनिकों ने उन्हें मौत के घाट उतार दिया। मुंजा ने हम्मीर से कहा, "अब के बाद कभी यहाँ नहीं आऊँगा। एक बार जान बख्श दो।" पर हम्मीर को तो अपना वचन पूरा करना था। उसने जोरदार तलवार का वार किया और उसका सिर धड़ से अलग कर दिया। बालों से पकड़कर रक्त टपकाते हुए मुंजा के सिर को लेकर हम्मीर महाराणा अजयसिंह के पास पहुँचा। मुंजा का कटा हुआ सिर देखकर महाराणा अजयसिंह का मन संतुष्ट हो गया। उसने अपने सामंतों, सरदारों को बुलाकर घोषणा की, "आज से मेवाड़ का महाराणा हम्मीर है। यह मेरे अग्रज राणा हरिसिंहजी का तेजस्वी पुत्र है।" कहते हुए मुंजा के सिर से टपकते रक्त से ही महाराणा ने हम्मीर का तिलक कर दिया तथा अपना मुकुट उतारकर हम्मीर के सिर पर रख दिया। सभी सरदारों ने हम्मीर की जय तथा अजयसिंह की जय का उद्घोष किया। अजयसिंह इसके पश्चात् दस मिनट भी जीवित न रहे। वे हम्मीर को महाराणा बनाने के लिए ही प्रतीक्षा कर रहे थे। अपना काम पूरा करके भगवान् शिव की शरण में चले गए।

□

मेवाड़ का महाराणा

उस दिन जैसे-जैसे धूप चढ़ी, एक हल्ला मचता चला गया। लोग बेतहाशा भाग रहे थे। किसी को पता नहीं था कि कौन आया, कहाँ से आया, किसको मार दिया, किसने मार दिया? कुछ पता नहीं। बस हल्ला मचता रहा। भागो! भागो! आक्रमण हो गया है। हमलावर विदेशी यवन है। आग लगा रहा है। कत्लेआम कर रहा है। मोरी के राजा मानसिंह ने ही तो मेवाड़ पर कब्जा कर लिया था। अब वह बूढ़ा हो चुका था। हल्ला सुनकर वह भयभीत हो गया। प्रजा की रक्षा का विचार ही नहीं किया। स्वयं ही घर-परिवार लेकर भाग गया। राज्य का क्या होगा? प्रजा का क्या होगा? उसने स्वयं को बचाने की सोची। अपने परिवार की सुरक्षा का विचार किया। कहीं पर्वतों में किसी सुरक्षित स्थान में जा छिपा। सारी जनता उस कायर के नाम पर थू-थू करने लगी।

तूफान पास आता जा रहा था। हल्ला धीरे-धीरे हमले में बदल गया। विदेशी मंदिरों को भी तोड़ रहा है। भगवान् एकलिंग की रक्षा कौन करे? ईडर के जंगल भी मेवाड़ के ही क्षेत्र में आते थे। लाखा की सेना को अपनी शक्ति प्रदर्शित करने का अवसर मिला। भीलों की सेना तो थी ही। राजपूतों में भी बहुत से देशभक्त तथा स्वाभिमानी वीर थे। नेतृत्व ही तो नहीं था। राजपूतों का आह्वान किया गया तो अनेक वीर बाप्पा की सेना में आ मिले। बाप्पा के नेतृत्व में भारी युद्ध हुआ। आक्रमणकारी को न केवल अपनी सीमा से भगा दिया, बल्कि उसे भारत से भगाकर

उसके क्षेत्र में भी बहुत दूर तक खदेड़ा। आक्रांता को छठी का दूध याद दिला दिया। उसके विष के दाँत उखाड़ लिये। बाप्पा की बहादुरी पर मेवाड़ के ही नहीं, भारत के हर व्यक्ति को गर्व का अनुभव होने लगा। बाप्पा के प्रति सबके मन में सम्मान की भावना आ गई। बाप्पा रावल ने अरब के कई देश जीत लिये, फिर अपने देश वापस आए। चित्तौड़ का राजसिंहासन खाली था। यदि पुराना राजा वापस भी आ जाता तो जनता के मन में उसके प्रति सम्मान की भावना समाप्त हो चुकी थी। कोई उसको सिंहासन पर न बैठने देता। अब तो सभी के मन में एक ही नाम था—बाप्पा रावल का।

संवत 791 की वर्ष प्रतिपदा की तैयारी बहुत जोर-शोर से की गई। प्रतिवर्ष ही यह त्योहार बहुत उत्साहपूर्वक मनाया जाता था। प्रजा के सभी प्रमुख जन इस दिन राजा को उपहार भेंट करते थे। धीरे-धीरे जन-प्रतिनिधि सभास्थल पर एकत्र होने लगे। उत्सव का कार्यक्रम प्रारंभ होने का समय आ गया। बाप्पा भी अपने साथियों के साथ पहुँच चुके थे। उस दिन यदि उनका राजा मानसिंह लौट आता तो संभवतः सब उसको परंपरा के अनुसार तिलक करते और उपहार देते, परंतु वह नहीं आया। इधर देवा और मेवा दोनों ने बाप्पा को उठाया और सिंहासन पर बैठा दिया। बीलू (बलदेव) ने आधे अँगूठे को काटा और रक्त से राणा बाप्पा का तिलक कर दिया। मेवाड़ की जय, मेवाड़ के नए महाराणा बाप्पा रावल की जय के नारे गूँजने लगे। प्रजा के प्रतिनिधि बाप्पा का तिलक करने आगे बढ़े। बाप्पा रावल अब मेवाड़ के महाराणा थे। बोलिए मेवाड़ के महाराणा बाप्पा रावल की जय।

□

गोरा और बादल की शौर्य कथा

महाराणा रतन सिंह चित्तौड़ के सिंहासन पर विराजमान थे। उनकी वीरता से अधिक उनकी महारानी पद्मावती की ख्याति फैली हुई थी। मेवाड़ राज्य की प्रजा दोनों का बहुत सम्मान करती थी। एक बार महाराणा ने किसी अन्य राजा को अपने यहाँ भोज पर आमंत्रित किया। राजाओं का किसी अन्य राज्य में आना-जाना कम ही होता है। साधारणत: भोज में वे एक-दूसरे के राज्य में जाने से बचते ही हैं। भोज से पूर्व भी कुछ खेल-तमाशे, कुछ सांस्कृतिक कार्यक्रम किए जाते हैं। यह परंपरा अब तक भी चली आ रही है। महाराणा रतनसिंह ने भी अतिथि के स्वागत में कार्यक्रम आयोजित किया। स्वागत-सत्कार के पश्चात् कुछ लोक कलाकारों का गायन करवाया गया। गायन के पश्चात् राज्य के प्रसिद्ध जादूगर पंडित राघव चेतन को आमंत्रित किया गया। जादूगर ने अपने अनेक ऐसे करतब दिखाए कि दर्शक दाँतों तले उँगली दबाते रह गए। जादूगर राघव बोला, ''मेहरबान, कदरदान! आपने कई खेल देखे। सबमें यह जादू का डंडा प्रमुख था। इस डंडे का अंतिम खेल मैं आपको दिखाता हूँ। मैं इस डंडे को आसमान में फेंकूँगा। डंडा घूमता हुआ ऊपर जाएगा और फिर नीचे नहीं आएगा। आप सबकी निगाहों के सामने गायब हो जाएगा। इतनी आँखों के सामने यह जादू का डंडा गायब हो जाएगा। लीजिए खेल शुरू होता है।'' जादूगर ने डंडे को घुमाना शुरू किया, परंतु फेंकने से पूर्व ही डंडा हाथ से फिसल

गया। डंडा तेजी से छूटा और अतिथि के सिर पर जा गिरा। दर्शकों में हाहाकार मच गया। शाही कर्मचारियों ने अतिथि का सिर सहलाया, दबाया। अतिथि को गुम चोट आई थी। सिर में सूजन दिखाई पड़ रही थी। अतिथि पीड़ा से कराह रहा था। राणा रतनसिंह के आदेश से जादूगर राघव पंडित को पकड़ लिया गया। महाराणा के चरणों में गिरकर वह गिड़गिड़ाने लगा, ''महाराज! क्षमा कीजिए। डंडा हाथ से फिसल गया। घुमाने के कारण उसकी गति काबू में नहीं रही थी।''

महाराणा के क्रोध का तो ठिकाना ही नहीं था। उनके अतिथि को चोट लगना उनके सम्मान पर चोट थी। लोग इसे राणा की मिलीभगत भी बता सकते थे। अत: महाराणा रतनसिंह ने उसे लात मारकर दरबार से ही नहीं चित्तौड़ से बाहर करने का आदेश दे दिया। रोता-झींकता राघव चेतन वहाँ से चला गया, परंतु उसने मन में तय किया कि इतने गिड़गिड़ाने पर भी महाराणा ने मेरी एक नहीं सुनी। मुझे बुरी तरह अपमानित किया। मैं इस अपमान का प्रतिशोध लूँगा। चित्तौड़ के राणाओं की शान धूल में मिलाकर छोड़ूँगा। राघव पंडित स्वयं को निरपराध और निर्दोष मान रहा था। उसे लग रहा था कि गरीब होने के कारण ही उसे अपमानित किया गया है।

प्रतिशोध की भावना बड़ी भयानक होती है। यह परिणाम पर सोचने का अवसर ही नहीं देती। इस भावना में व्यक्ति स्वार्थ में अंधा हो जाता है। वह परिवार का, देश का भाव सब भूल जाता है। अधोगति की चरम सीमा तक चला जाता है। मानवता की धर्म की भावना उसके लिए तुच्छ हो जाती है। उसकी मन:स्थिति दीवानगी तक पहुँच जाती है। पंडित राघव भी इसी स्तर तक गिर गया। वह अलाउद्दीन खिलजी से जा मिला। अलाउद्दीन तो किसी ऐसे व्यक्ति की खोज में था, जो मेवाड़ की कमियों का भेदी हो। चित्तौड़ के प्रवेशद्वारों का भेदी हो। राघव के पहुँचने पर खिलजी ने उसका स्वागत ऐसे किया, मानो वह महाराणा का

संदेशवाहक हो। स्वागत-सत्कार के पश्चात् शाह अलाउद्दीन ने अलग कक्ष में उससे विशेष वार्त्तालाप किया। पंडित राघव ने महारानी पद्मिनी की जमकर प्रशंसा की। गुणों की नहीं, रूप की प्रशंसा। अलाउद्दीन खिलजी की लार टपकने लगी। उसको लगा ऐसी सुंदरी उसके पास क्यों नहीं है ? इसलाम में संपर्क की शिक्षा तो है, परंतु संयम की शिक्षा शायद नहीं है। कई उपदेशक मौलवियों से सुना है। नेक काम करने से जन्नत मिलेगी। वहाँ हूर अर्थात सुंदर परियाँ मौज करने को मिलेंगी। जो यहीं पर अमीर है, बादशाह है, फिर वह जन्नत की प्रतीक्षा क्यों करे, जब सुंदरियाँ मिलें तो यहीं मौज मारे। भला मन क्यों मारे ? बदले की आग में जलते पंडित ने उस बादशाह को चित्तौड़ पर आक्रमण के लिए तैयार कर दिया। जो भारत में आए ही लूट-खसोट करने थे, उनको पहले से यह आशा कभी नहीं रही होगी कि हम भारत में ही बस जाएँगे तथा शासक भी बन जाएँगे। उन्हें हर जगह राघव पंडित जैसे देशद्रोही मूर्ख मिलते रहे तो वे लूटकर भी भागे नहीं। शान से राज करने लगे। तलवार की जोर से और धोखेबाजी से हिंदुओं को मुसलमान बनाने का काम भी लगातार चलता रहा।

अलाउद्दीन खिलजी ने दिल्ली से एक पत्र अपने दूत के हाथ चित्तौड़ भेजा।

"राजा रतनसिंह !

अपनी सुंदर पत्नी को पत्र मिलते ही बादशाह आलम खिलजी के महल में भेंट कर दो, अन्यथा चित्तौड़ को मिट्टी में मिला दिया जाएगा। जो भी खून-खराबा होगा, उसके जिम्मेदार तुम खुद होओगे।"

स्पष्ट है कि इस प्रकार का पत्र पढ़कर कोई राजा क्या, साधारण व्यक्ति भी क्रोध से पागल हो जाएगा। राजा रतन सेन के दरबार में पत्र का विषय सुनकर सारे राजपूत सरदारों की आँखें अंगार बरसाने लगीं, परंतु समस्या गंभीर थी। दिल्ली की सेना विशाल थी। युद्ध के लिए भी

उसकी समानता की सेना अपेक्षित थी, परंतु प्रश्न यहाँ आन का था। अत: सरदारों ने युद्ध करने का निश्चय किया। अलाउद्दीन खिलजी ने चित्तौड़ को घेर लिया था। किला तो बहुत ऊँचाई पर है। नीचे घाटी में खिलजी की भारी-भरकम फौज। वीर राजपूतों ने यह तो निश्चय कर लिया कि युद्ध करना है। किसी भी कीमत पर पद्मिनी की इज्जत पर दाग नहीं लगने देंगे। प्रश्न यह था कि युद्ध की नीति क्या हो? शत्रु के आक्रमण की प्रतीक्षा करें या स्वयं हम उन पर आक्रमण करें। राणा रतनसिंह ऊहापोह की स्थिति में थे। अंतिम निर्णय लेने में समय लग रहा था। तभी दिल्ली के सुलतान अलाउद्दीन का एक और संदेशवाहक चित्तौड़ पहुँचा। महाराणा ने पत्र पढ़ा, फिर गोरा को दिया कि सभासदों को सुना दो। गोरा ने सुनाया, ''ऐ सिसोदिया वंश के कुलदीपक महाराणा रतनसिंह! क्यों न हम परस्पर मित्र बन जाएँ। पहले ही अनेक युद्धों में मैं अपनी फौज बरबाद कर चुका हूँ। मेरी गुजारिश मंजूर करें और मुझे दुश्मन की जगह दोस्त का दरजा दें। मेरी यह गुजारिश मंजूर कर लेंगे तो मैं अपने आपको खुश किस्मत मानूँगा। हे बहादुर! मैं ईमानदारी से खुदा की कसम खाकर अपनी दिली ख्वाहिश जाहिर कर रहा हूँ। उम्मीद है कि आप मुझे दोस्त का दरजा जरूर देंगे। एक दोस्त के नाते आप मुझे मिलने का मौका देंगे। मैं एक बार इस नायाब किले को भीतर से देखना चाहता हूँ तथा दोस्ती के नाते आपकी नाजनीन बेगम का दीदार करना चाहता हूँ।'' दोस्ती की उम्मीद में—अलाउद्दीन खिलजी। अलाउद्दीन पर कतई भरोसा नहीं था, परंतु युद्ध की विभीषिका से बचने का एक अवसर आया था तो उसका लाभ उठाना ही समझदारी थी। संदेशवाहक दोस्ती की स्वीकृति लेकर चला गया।

अगले दिन प्रात: ही अलाउद्दीन चार सवारों के साथ महाराणा से मिलने आ पहुँचा। मुख्य द्वार पर ही उसका स्वागत किया गया। फिर उसे दरबार में ले जाया गया। दरबार में महाराणा और बादशाह खिलजी

की ऐतिहासिक भेंट हुई। दोपहर को महाराणा की ओर से दावत दी गई। सभी सभासद और बादशाह के चार साथियों को दावत में सम्मिलित किया गया। तरह-तरह के पकवान और मिष्ठान्न परोसे गए। दावत में गपशप भी चली। खिलजी बोला, ''खाने में मजा खूब आया, पर महारानी के दीदार नहीं हुए। अब तो हम दोस्त हो गए। एक बार दूर से दीदार करवा दें तो मेहरबानी होगी।'' राणा ने कहा, ''जल्दी क्या है? आज दोस्त बन ही गए तो आते- जाते रहेंगे। कभी फिर पधारोगे तो दर्शन भी हो जाएँगे।''

दावत पूर्ण हुई तो खिलजी फिर बोला, ''अमा जब दोस्त बन ही गए तो गुरेज कैसा?'' राणा ने बात बदली। ''पहली भेंट में दावत ही काफी है। अगली बार महारानी अपने हाथ से परोसकर खाना खिलाएगी। कहते हैं, इंतजार का फल स्वादिष्ट होता है।'' राणा एक ही भेंट में सारा झँझट मिटाना चाहते थे, अतः रनिवास में खबर कर दी। गोरा ने एक बड़ा शीशा (दर्पण) द्वार के पास लगा दिया। महाराणा और खिलजी द्वार तक गए, शीशे में महारानी का प्रतिबिंब दिखाकर राणा ने कहा, ''लो देख लो! ये ही हैं महारानी पद्मिनी!'' खिलजी प्रतिबिंब को देखता ही रह गया, मानो पाँव जम गए हों। महाराणा ने हाथ पकड़कर झटका और खिलजी को विदा करने की नीयत से कुछ अन्य वार्त्ता शुरू कर दी। खिलजी बोला, ''अब जाने को तो जाना नहीं चाहता, पर जाना तो पड़ेगा ही।'' खिलजी के चारों साथी भी साथ चले और दोस्ती में रँगे हुए महाराणा किले के बाहर तक विदा करने साथ-साथ चले। जब किले से काफी दूर निकल आए तो धोखेबाज अलाउद्दीन ने महाराणा रतनसिंह को बंदी बना लिया। हाथों में हथकड़ी तथा पैरों में बेड़ियाँ डालकर एक तंबू में बंद कर दिया। अकेले राणा भोलेपन में धोखे में कैदी बन गए। खिलजी की ओर से एक पत्र महारानी पद्मिनी के नाम प्रेषित कर दिया गया। या तो पद्मिनी स्वयं श्रृंगार करके खिलजी की

सेवा में आ जाए, अन्यथा चित्तौड़ की ईंट-से-ईंट बजा दी जाएगी। राजा रतनसिंह को तो जनता के सामने कत्ल कर दिया जाएगा।

ऐसा संदेश पुनः दरबार में पहुँचा। पद्मिनी ने स्वयं अपने सरदारों के सामने समस्या रखी। सारा दरबार मौन हो गया। किसी के पास कोई हल नहीं था। सर्वनाश की घड़ियाँ गिन रहे थे। मरना तो था ही, मरने का मार्ग चुनने का विचार सामने था। महारानी पद्मिनी के रिश्ते के भाई थे, गोरा और उनके भतीजे का नाम था बादल। बादल ने सबको चुप देखा तो कहा, ''मेरे मन में एक उपाय सूझा है, बादशाह को संदेश भेज दो कि पद्मिनी आ रही हैं....इतनी बात सुनते ही बादल के मुँह पर एक जोरदार थप्पड़ पड़ा। थप्पड़ मारा था गोरा ने। गोरा बोला, ''ऐसी बात कहने से पहले तेरी जीभ कट क्यों न गई। पद्मिनी तेरी बुआ हैं। मेवाड़ की आन हैं, मर्यादा हैं। इतनी आसानी से कह दिया।''

बादल ने थप्पड़ की चोट सहन करते हुए कहा, ''मेरी पूरी बात तो सुन लीजिए। संदेश भेजने के पश्चात् सात सौ डोले सजाएँ। हर डोले में एक शस्त्रों की पोटली और एक वीर सैनिक बिठाया जाए। कहारों की जगह भी डोला उठाने के लिए चार सैनिक लगाए जाएँ। एक डोले को महारानी के योग्य सँवारकर सजाया जाए। उस डोले में मुझे महारानी के वस्त्र पहनाकर बिठा दिया जाए। मेरे पास शस्त्र भी हो तथा छेनी-हथौड़ी भी रखो। राजा से मिलने के बहाने मैं उनकी हथकड़ी काट दूँगा। फिर खिलजी सेना पर हल्ला बोल दिया जाए।'' बात पूरी होते-होते तो सबकी बाछें खिल गईं। बात सबको अच्छी लगी।

तुरंत पत्रवाहक खिलजी के लिए पद्मिनी का संदेश लेकर चला। शर्त यह लगा दी कि पद्मिनी पहले राजा रतनसिंह के अंतिम मिलन के लिए जाएँगी। फिर सात सौ सखियों और दासियों के साथ दिल्ली के राजमहल को स्वीकार कर लेंगी। संदेश पाते ही खिलजी ने अपनी सेना को जश्न मनाने की आज्ञा दे दी। सभी डेरों में जश्न की तैयारियाँ हो गईं।

इधर सात सौ डोले सजाए गए। सबमें शस्त्र रख दिए गए। एक सैनिक अंदर बैठा तथा चार सैनिक डोला उठानेवाले कहार बन गए। योजना के अनुसार बादल पद्मिनी की जगह श्रृंगार करके विशेष डोले में बैठ गया। डोले जैसे-जैसे खिलजी की सेना के डेरे के निकट पहुँचे, जश्न शुरू हो गया। अलाउद्दीन खिलजी पद्मिनी के आने की जानकारी पाते ही शराब के प्याले- पर-प्याले चढ़ाने लगा। वह जीते जी जन्नत में जानेवाला था। फिर दीवानगी सिर पर सवार क्यों न होती?

खिलजी के सुरक्षा अधिकारी ने बताया कि पद्मिनी अब डेरे में पहुँचने वाली है। पालकी उस तरफ मुड़ रही है, जिधर डेरे में राजा रतनसिंह कैद है। खिलजी बोला, ''वाह! इसी बात पर एक प्याला तुम भी पिओ।'' रक्षक ने बादशाह के हुक्म की तामील करते हुए प्याला थाम लिया। एक आज्ञाकारी सेवक को मालिक स्वयं कहे तो वह इसे अपना अहोभाग्य ही समझेगा। रक्षक प्याला गटक गया। बोला, ''पद्मिनी वहाँ कुछ करेगी नहीं। रतनसिंह को तो हथकड़ी लगी है, पैरों में बेड़ी हैं। बस देखकर अभी लौट आएगी आपके पास।'' बादशाह ठठाकर हँसा, ''मेरे पास! वाह पद्मिनी! वाह, मैंने क्या किस्मत पाई है। जन्नत, जन्नत धरती पर उतर आई है या मैं जन्नत में पहुँच गया। वाह-वाह-वाह।'' बादशाह पलंग पर गिर पड़ा, मदहोश था, बेहोश हो गया। सुरक्षाकर्मी ने उसे खींचकर पलंग पर ठीक से लिटा दिया।

बादल पद्मिनी का श्रृंगार किए राजा रतनसिंह के डेरे में पहुँचा। बाहर खड़े रक्षाकर्मी ने कहा, ''डोले का परदा खोलो। कौन है?'' कहार सैनिक बोला, ''महारानी का परदा खोलने का तुम्हें अधिकार नहीं। पीछे हटो।'' तब तक रक्षक जरा सा परदा हटाकर झाँक चुका था। स्त्री वस्त्रों की झलक देखकर पीछे हट गया। उसे लगा कि रानी पद्मिनी ही है। डोला डेरे में भीतर गया। राजा तभी से चकित और क्रोधित थे, जब से उन्होंने पद्मिनी के आने का समाचार सुना था। क्रोध

में बड़बड़ा रहे थे। डोले के अंदर आते ही वे हथकड़ी समेत दोनों हाथों की चोट करनेवाले थे। पद्मिनी के वेश में बादल ने कहा, ''बिल्कुल चुप रहें स्वामी! मैं अभी आपको आजाद करता हूँ।'' उसने छेनी-हथौड़ी निकाली और हथकड़ी काट दी। पैरों की बेड़ियाँ भी काट दीं। राणा रतनसिंह को उनकी तलवार भी सौंप दी। अब तो राणा ने सबसे पहले बाहर खड़े रक्षकों को मार दिया। फिर तो बादल ने संकेत दिया और तीन सौ डोलों के सैनिकों ने शस्त्र सँभाल लिये। खिलजी के सैनिक तो जश्न मना रहे थे। कुछ खा रहे थे, कुछ पी रहे थे। कुछ सोनेवाले थे और कुछ सो रहे थे। राजपूत सैनिकों को भी नहीं पता कि किसने कितने मारे ? ऐसा हल्ला मचा कि किसी की भी समझ में ही नहीं आया। राणा रतनसिंह और बादल के नेतृत्व में राजपूत सैनिक शत्रुओं को काटते हुए आगे बढ़े। बादल पद्मिनी वेश में तलवार चलाता हुआ तेजी से बढ़ रहा था। मुसलिम सैनिकों को लगा कि हिंदुओं की देवी दुर्गा आ गई है। अत: मुकाबला करने की भी हिम्मत नहीं रही। देखकर ही पस्त हो गए। बादल उन्हें सरलता से काटता चला गया।

दूसरी ओर के चार सौ डोले, जो पीछे रह गए थे। वे योजनापूर्वक खिलजी के डेरे के पिछली ओर पहुँच गए थे। संकेत पाकर उन्होंने पीछे की ओर से आक्रमण कर दिया। उनका नेतृत्व कर रहा था, वीरवर गोरा। गोरा का नाम ही गोरा नहीं था, वह सचमुच गोरा-चिट्टा था। छह फुट का जवान, तलवार चलाने में माहिर। गजब का निशानेबाज। उड़ते पक्षी पर वार कर सके। गोरा के सैनिकों ने हल्ला बोला तो खिलजी की फौज घबरा गई। मुकाबला करने का साहस ही नहीं किया। बचकर भागने की तरकीब सोचने लगे। खिलजी की आधी से अधिक फौज तो मारी जा चुकी थी। एक ओर से गोरा और दूसरी ओर से बादल को साथ लिये राणा रतनसिंह मार-काट करते हुए बढ़ते आ रहे थे। 'हर हर महादेव' के नारे लग रहे थे। तब खिलजी के सुरक्षा अधिकारी को समझ में

आया। उसने बादशाह को जगाने की कोशिश की, परंतु बादशाह तो होश में ही नहीं था। रक्षक सिपाही ने उसे घोड़े पर लादकर बाँध दिया। साथ में दूसरे घोड़े पर आप चढ़ा और बादशाह को बचा ले गया। बहुत सारे सैनिक मारे गए। जो भाग गए, वे बच गए। राजपूत सैनिक भी आधे रह गए। सवेरा होने तक जो बचे, सब चित्तौड़ में वापस पहुँचे। अब उत्सव मनाने की चित्तौड़ की बारी थी। सब ओर दीपमालाएँ और फूल-मालाएँ सज रही थीं, पर कोई चहल-पहल नहीं थी, कोई नृत्य नहीं हो रहे थे। खुशी में भी उत्साह नहीं था। पद्मिनी महारानी का भाई गोरा और भतीजा बादल बलिदान हो चुके थे। अब सेना में केवल तीन सौ राजपूत सैनिक थे। बलिदानी सैनिकों के परिवार भला उत्सव कैसे मनाते?

□

जौहर का गौरव

पशु भी घायल होकर अधिक भयानक हो जाता है। मनुष्य समय के अनुसार विचारकर चलता है। कभी बदले की भावना बढ़ जाती है तो कभी विचार बनता है कि परिणाम क्या होगा? जिनमें पशु प्रवृत्ति अधिक प्रबल हो जाती है, वे परिणाम सदैव अपने पक्ष में होगा, मान कर आचरण करते हैं।

इस पर भी बादशाह हो/इसलाम का अनुयायी हो तो उसके अहंकार की तृप्ति बदला लिये बिना होती ही नहीं। अलाउद्दीन खिलजी भी मेवाड़ के वीरों से परास्त होकर दिल्ली तो पहुँच गया था, परंतु दिन-रात उसका मन उद्विग्न था। वह अपनी हार को पचा नहीं पा रहा था। राघव पंडित द्वारा वर्णन किया गया महारानी पद्मिनी का रूप उसकी आँखों से ओझल ही नहीं होता था। पद्मिनी को अंकशायिनी बनाने की इच्छा दिन दुगनी, रात चौगुनी गहरी होती जा रही थी। वासना का कीड़ा उसके मस्तिष्क पर अधिकार कर चुका था। छह मास भी नहीं बीते थे, उसने फिर एक बड़ी सेना लेकर चित्तौड़ के लिए कूच कर दिया।

इतनी बड़ी सेना इतना लंबा मार्ग तय करके पहुँच जाए तो क्या यह बात छिपी रह सकती है? महाराणा रतन सिंह को खिलजी के चित्तौड़ कूच करने का समाचार प्राप्त हो गया था। महाराणा ने चित्तौड़गढ़ किले में खाद्य सामग्री यथाशक्ति भर ली। किले के फाटक मजबूती से बंद करवा दिए। द्वारों पर रक्षकों को नियुक्त कर दिया गया। सभी

को जागरूक रहने की हिदायत दे दी गई। किसी भी छोटे से खतरे का संकेत मिलते ही सूचना देने की प्रक्रिया दुरुस्त करने के लिए सेवादार तय कर दिए गए।

अलाउद्दीन की सेना चित्तौड़गढ़ के पास जा पहुँची। किले को सब ओर से घेर लिया गया। किले में बाहर से आना-जाना बंद हो गया। मेवाड़ के ही किसानों से जोर-जबरदस्ती फौज के लिए खाद्य-सामग्री लूटी जा रही थी। इधर किले में किसी भी तरह की रसद जानी बंद थी। अंदर से कोई बाहर नहीं आ पा रहा था। बाहर से तो आनेवाला प्रवेश न कर सके, इसके लिए भारी प्रबंध किया गया था। यह स्थिति महीनों रही। अलाउद्दीन भी घाटी में डेरा डालकर पड़ा था। वह किले में रसद समाप्त होने की प्रतीक्षा कर रहा था। किले के अंदर यह प्रतीक्षा की जा रही थी कि तंग आकर तातारी फौज लौट जाए तो हम बाहर निकलें। महाराणा ने सभी सभासदों को बुलवाकर परिस्थिति पर विचार-विमर्श प्रारंभ किया। महारानी पद्मिनी भी सभा में उपस्थित रहीं। अलाउद्दीन का पत्र राणा ने पढ़कर सुनाया। लिखा था—

"अब भी समय है, रानी पद्मिनी को मेरे महल में भेज दो, नहीं तो पूरे मेवाड़ को तहस-नहस कर दिया जाएगा। फिर एक पद्मिनी नहीं, चित्तौड़ की सारी स्त्रियाँ हमारी सेवा में होंगी।"

पत्र सुनकर सभी राजपूत क्रोध से तमतमा उठे। राणा रतनसिंह बोले, "वीरो! तुम्हारा क्रोध करना उचित है, परंतु उत्तेजना से नहीं, हमें सोच- विचार से निर्णय करना है। आज गोरा और बादल होते तो संभवतः कोई उपाय सुझाते। सच है, उन्हीं के बलिदान के कारण मैं आज जीवित हूँ। उन्होंने अपने प्राण देकर राजवंश की तथा मेवाड़ की रक्षा की। वे अमर हो गए। क्या हम ऐसा ही बलिदान करने को तैयार हैं या पद्मिनी को खिलजी के पास भेज दिया जाए?" महाराणा की सभा में मौन छा गया, मानो सबकी साँस अटक गई हो। आन-बान-शान पर

वे सभी प्राणों की आहुति देने के लिए तत्पर थे, परंतु विचार व्यक्त कौन करे? वीरों के बलिदान की गाथाएँ अन्य वीरों की सुप्त भावनाओं को सही दिशा देती हैं। उनकी सोई वीरता को जाग्रत् करती हैं। सभासदों के हाथ तलवार की मूठ पर थे। महारानी पद्मिनी ने मौन तोड़ा, "हे शूरवीर सरदारो! हमारे पास युद्ध के अतिरिक्त कोई विकल्प नहीं है। रसद अब समाप्त है। किले में भूख से मरने से बेहतर है कि हम स्वयं बाहर जाकर युद्ध करें। जब तक प्राण रहें, तब तक शत्रु को किले में न घुसने दें। राजपूत महिलाएँ भी लड़ेंगी। जो न लड़ सकेंगी, वे सब मेरे साथ जौहर व्रत करेंगी। शत्रु किसी राजपूत बाला पर हाथ नहीं डाल सकेगा।"

विचार को स्वीकृति देने के लिए सबने उद्घोष किया 'एकलिंग भगवान् की जय। महाराणा रतनसिंह की जय! महारानी पद्मिनी की जय।' महाराणा ने अपने वंश के अन्य वयस्क लोगों को गुप्त द्वार से किसी दूर-दराज के क्षेत्र में भेज दिया था। वे बचे रह गए तो चित्तौड़ के किले को फिर कभी वापस छीन लेंगे।

निश्चय के अनुसार महाराणा रतनसिंह के नेतृत्व में चित्तौड़गढ़ में उपस्थित सभी जनों ने केसरिया वेश धारण किया। अपने भाले, तीर-तलवार तैयार कर लिये। प्राणों का मोह त्याग दिया। पीली पगड़ी बाँध ली। अपने घोड़े सजा लिये। पैदल भी युद्ध के लिए खड़े हो गए। पश्चिमी द्वार खुलवा दिया। एक साथ उन्होंने हल्ला बोल दिया। दोनों हाथों से शस्त्र संचालित करते हुए राजपूत सीधे घाटी में पड़ी तातारी फौज पर चढ़ गए। वे समझ ही न पाए। पहले आक्रमण में ही खिलजी की सेना के पाँव उखड़ गए। भगदड़ मच गई। एक-एक राजपूत ने बीस-बीस को मारा, परंतु दस हजार राजपूत साठ हजार फौज को कब तक सँभालते। एक समय आया, जब राजपूती सेना में कोई भी बाकी न रहा। उधर जो महिलाएँ तलवार चलाने में प्रवीण थीं, उनकी टोली भी कूद पड़ी। मुसलिम फौज के सिपाही भयभीत होकर भागने लगे। उन्हें

किसी ने बता दिया कि हिंदुओं की देवी दुर्गा अपनी देवियों की सेना लेकर युद्ध में आ गई हैं। सब लड़े और स्वर्गवासी बन गए। खिलजी की फौज भी एक चौथाई ही बची। सारी घाटी शवों से भर गई, परंतु खिलजी को इन लाशों को देखने और गिनने की न चिंता थी, न फुरसत। वह तो अपना घोड़ा दौड़ाता हुआ किले की ओर बढ़ा। अब उसको रोकनेवाला कोई बचा ही नहीं था। वासना का कीड़ा खिलजी मुख्य द्वार की ओर घोड़ा दौड़ाए जा रहा था।

उधर पद्मिनी ने सभी सोलह हजार हर उम्र की बालाओं को, महिलाओं को एक साथ जलती चिता में प्रवेश करने का आदेश दिया। एक साथ इतनी चिताएँ विश्वभर में कभी भी और कहीं भी नहीं जली होंगी। सतियों ने अपनी लाज बचा ली और प्राण त्याग दिए। खिलजी जब भीतर पहुँचा तो कुछ चिताएँ जल चुकी थीं तथा कुछ अभी भी जल रही थीं। अलाउद्दीन खिलजी के हाथ कुछ भी नहीं आया। चित्तौड़ का किला तो मिला, पर सूना-सूना। शान-शौकत से विहीन, पर आन-बान से सिर ऊँचा किए हुए।

□

पूरी की प्रतिज्ञा

गयासुद्दीन खिलजी हारकर शांत नहीं बैठा। वह विचार करता रहा कि मेवाड़ को कैसे घेरे। उसने मेवाड़ के महाराणा रायमल के पास संधि का संदेश भेजा। शाही दूत को महाराणा ने सम्मानपूर्वक वार्त्ता के लिए एकांत में बुलाया। बार-बार युद्ध करके मेवाड़ की सेना की भी क्षति हुई थी। महाराणा भी युद्ध से बचना हितकर मानकर संधिवार्त्ता करना चाहते थे। अतः दूत से विनम्रतापूर्वक चर्चा आरंभ की। इतने में युवराज पृथ्वीराज किसी कार्य से कक्ष में आया। उसने देखा कि राणा एक मुसलमान दूत से शांति-वार्त्ता कर रहे हैं। उसका राजपूती खून खौलने लगा। उसके विचार में एक हारे हुए विदेशी से राजदूत का इस प्रकार वार्त्ता करना अपमानजनक था। अतः क्रोधपूर्वक बोला, ''महाराणा! आप मेरे पिता हैं। एक पराजित बादशाह के दूत को तो दुत्कार कर भगा देना चाहिए। मैं तो इसे मेवाड़ में घुसने भी न देता।'' दूत को रुष्ट होना ही था। महाराणा भी पुत्र पर कुपित हुए, ''युवराज होकर तुम्हें यह ज्ञान नहीं है कि किससे कैसे बात करनी चाहिए।'' वार्त्ता टूट गई। दूत लौट गया। राजा का क्रोध दिखावटी नहीं था। उन्होंने पृथ्वीराज से कहा, ''अभी तक कुछ करके नहीं दिखाया। किसी शत्रु को पराजित करके दिखाओगे, तब पता चलेगा। जाओ निकल जाओ यहाँ से।''

पृथ्वीराज वीर तो था, परंतु पिता रायमल की तरह धीर न था, वह

क्रोधी एवं जिद्दी था। उस पर अपने पूर्वज खेत सिंह का प्रभाव था। वह बोला, ''ठीक है, मैं अभी जा रहा हूँ। यदि गयासुद्दीन को जीवित या मृत पकड़ कर लाया तो आपके सामने आऊँगा, अन्यथा चित्तौड़ में कदम नहीं रखूँगा।'' कहकर वह तेजी से बाहर निकल गया। उसने नहीं सोचा था कि कहाँ जाएगा, क्या करेगा? कई महीने वह पड़ोसी राज्यों के जंगलों में भटकता रहा।

मांडू राज्य में गयासुद्दीन खिलजी के दूत ने घटना में खूब नमक-मिर्च लगाकर बादशाह को बहकाया। उसने इसे अचानक हुई घटना नहीं बताया, बल्कि कहा, ''हुजूर! मैंने बड़ी चतुराई से बाप-बेटे में फूट डाली। युवराज को महाराणा ने फटकारकर मेवाड़ से निकाल दिया। युवराज पृथ्वी भी देख लेने की धमकी देकर तुरंत चला गया। जहाँपनाह! यह सही अवसर है मेवाड़ को घेरने का।'' गयासुद्दीन की बाँछें खिल गईं। बोला, ''वाह! बहुत बढ़िया खबर सुनाई। अब मैं सेना को तैयार करता हूँ।'' दूत इनाम लेकर चला गया। खिलजी ने सेना के प्रमुख नायक को बुलाकर युद्ध की तैयारी का आदेश दिया।

कुछ दिन की तैयारी के बाद खिलजी ने मेवाड़ की ओर चढ़ाई करने का इरादा बनाया। राणा पृथ्वीराज ने तभी एक गुप्त पत्र खिलजी को भिजवाया। उसमें संदेश दिया कि वह एकांत में मिलना चाहता है। मेवाड़ के गुप्तचर उसके पीछे लगे हैं। दिन में उसे भय है कि मेवाड़ी सैनिक उसे जान से मार सकते हैं। वह रात को मिलने की अनुमति दें तो मेवाड़ पर आक्रमण में वह पूरा सहयोग दे सकता है। हर मार्ग और हर कमजोरी का उसे पता है। वह भी पिता से बदला लेना चाहता है। गयासुद्दीन खिलजी का दूत बाप-बेटे में कलह की घटना पहले ही बता चुका था। अतः पृथ्वीराज के संदेश से खिलजी खुश हो गया। उसने जवाबी संदेश भिजवा दिया। शनिवार की आधी रात में पहरेदारों के पहराबदल के समय मिलने की घड़ी निश्चित हुई।

पृथ्वीराज ने अपने पाँच सौ विश्वस्त घुड़सवार लिये। उन्हें मालवी सेना के वेश में सजाया, फिर बीस-बीस की टोलियों में अलग-अलग दिशा से शनिवार रात्रि को कहाँ कैसे मिलना है तथा किस संकेत को पाकर आक्रमण करना है, यह सब निश्चित किया गया। शनिवार रात्रि के दूसरे प्रहर बाद जब पहरेदार बदलने का समय आया तो ये सैनिक सक्रिय हो गए। उसी मालवी वेश के कारण उन्हें किसी ने नहीं पहचाना। स्वयं पृथ्वीराज भी उनमें सम्मिलित था। सब ओर से मेवाड़ी सेना की टोलियाँ ठीक समय पर सुलतान गयासुद्दीन के डेरे पर पहुँच गईं। सुलतान बेफिक्र नींद में था। पहरेदार हटे और दूसरे पहरेदारों की जगह पृथ्वीराज के सैनिक पहुँच गए। पृथ्वीराज ने खिलजी के हाथ-पाँव रस्सी से बाँध दिए। खिलजी घबराया, चिल्लाया। पृथ्वीराज के सैनिकों ने खिलजी के रक्षकों को मौत के घाट उतार दिया। बड़ी तेजी से पृथ्वीराज खिलजी को लेकर मेवाड़ की ओर बढ़ा। अँधेरे में शोर मचा, मार-काट हुई, परंतु अचानक क्या हुआ? यह किसी की समझ में न आया। जब माजरा समझ में आया और सेना ने पृथ्वीराज का पीछा किया, तब तक वह चित्तौड़ की सीमा में पहुँच चुका था। बूँदी की सेना ने खिलजी की सेना पर तभी पीछे से आक्रमण कर दिया।

उधर सामने से मेवाड़ की सेना आ गई। मालवी सेना दोनों ओर से घिर गई, अतः कुछ मारी गई, कुछ तितर-बितर हो गई। पृथ्वीराज गयासुद्दीन को बंधक बनाकर पिता के पास पहुँचा। उसने अपनी प्रतिज्ञा पूरी की। महाराणा ने बंदी गयासुद्दीन को कारागार में डलवा दिया।

महाराणा के सामने गयासुद्दीन बहुत गिड़गिड़ाया। उसने कुरान की कसम खाकर फिर कभी मेवाड़ पर हमला न करने का वायदा किया। महाराणा ने उस पर भारी जुर्माना लगाया और एक बड़ी रकम और शपथ देकर गयासुद्दीन को क्षमा कर दिया।

गयासुद्दीन गया तो फिर कभी माँडू के किले से बाहर नहीं आया। वह मेवाड़ से बार-बार हारकर इतना लज्जित हुआ कि मृत्यु होने तक किले में ही दुबका रहा। पृथ्वीराज का वचन तो पूरा हुआ, और महाराणा रायमल की धाक पूरे राजस्थान में जम गई।

□

हत्यारा, ईश्वर ने मारा

वीर, यशस्वी, धर्मात्मा और जनप्रिय राजा की भी कोई हत्या कर सकता है, यह सोचा भी नहीं जा सकता। जो हुआ, वह कल्पना की पहुँच से परे ही है। महाराणा कुंभा मेवाड़ के महाराणा सचमुच अत्यंत लोकप्रिय थे। अपनी प्रजा तो उन्हें प्रेम करती ही थी, आसपास के शासक भी उनकी न्याय नीति से प्रभावित थे। महाराणा कुंभा का सभी आदर करते थे। वे भगवान् एकलिंग के सच्चे उपासक थे। उस दिन भी वे कटारगढ़ के उत्तर में स्थित एक मंदिर परिसर में सरोवर के तट पर ध्यान में बैठे थे। नेत्र बंद थे, शरीर पद्मासन में सधा हुआ। उनको इस प्रकार बैठे देखकर किसी भी व्यक्ति के मन में श्रद्धा का उदय हो जाता, परंतु एक दुष्ट के मन में कुछ और ही चल रहा था। वह सोच रहा था, "यह बूढ़ा मरता क्यों नहीं ? मैं इसके रहते कभी शासक नहीं बन सकता। यदि कोई और इसे नहीं मारता तो क्यों न मैं ही इसको समाप्त कर दूँ और स्वयं महाराणा बन जाऊँ ?"

ऐसे विचार उदयकरण के मन में पहली बार नहीं आए थे। वह बार-बार इसी प्रकार सोचा करता था। उस दिन मंदिर परिसर में महाराणा कुंभा अकेले थे, शस्त्रहीन थे। राणा उदयकरण महाराणा कुंभा का बड़ा पुत्र था। उसकी महाराणा बनने की लालसा ने उसे इतना पतित कर दिया था कि वह मुसलमानों की तरह सोचने लगा। पिता की वीरता और कीर्ति से स्वयं को गौरवान्वित समझने के स्थान पर उसमें ईर्ष्या की दुर्भावना

सुलग रही थी। यह कुटिल भावना इतनी तीव्र हुई कि उसने अपनी तलवार निकाल ली और दबे पाँव महाराणा कुंभा के पीछे जा पहुँचा। दुष्ट ने जोरदार प्रहार किया और महाराणा का सिर धड़ से अलग जा गिरा। उदयकरण ने प्रचारित किया कि डाकुओं ने महाराणा कुंभा की हत्या कर दी और स्वयं को महाराणा घोषित कर दिया। वैसे भी ऊदा महाराणा का बड़ा पुत्र था। राज्य तो उसे मिलना ही था। सामंतों ने बहुत विरोध नहीं किया, परंतु सच्चाई छुपी न रह सकी। प्रजा में सबकी जुबान पर यही चर्चा थी कि राणा ऊदा पिता का हत्यारा है।

ऊदा का छोटा भाई राणा रायमल उन दिनों अपनी ससुराल इडर में था। इस घटना के पश्चात् रायमल ने लौटना उचित न समझा। ऐसा न हो कि राज्य का लोभी कहीं उस पर भी वार न कर दे। शनैः-शनैः अधिकतर सामंत राणा ऊदा के विरुद्ध हो गए। प्रजा में तो पितृहंता की चर्चा चलती ही रहती थी। एक दिन महाराणा ऊदा ने शिकार खेलने की योजना बनाई। सामंत भी साथ ले लिये। उनके साथ वह आबू पर्वत की घाटियों में कहीं दूर निकल गया। इधर कुछ वयोवृद्ध सामंतों ने राणा रायमल को बुलवाकर महाराणा के नाते राजतिलक कर दिया। रायमल के महाराणा बनने की घोषणा राज्य में प्रचारित हो गई। कई दिन बाद शिकार से लौट रहे ऊदा को भी पता चला कि उसका सिंहासन छिन गया है तो वह मेवाड़ में वापस न आया। सामंत भी गिने-चुने उसके साथ बने रहे। अधिकांश महाराणा रायमल से जा मिले। रायमल का स्वभाव सभी को आकर्षित कर लेता था।

राणा ऊदा ने शक्ति से सिंहासन पुनः प्राप्त करना चाहा। अतः आसपास के राजाओं से सहायता लेने का प्रयास किया। बूँदी, वागड़, मारवाड़, खैराड़ आदि के शासक पहले ही राणा रायमल का समर्थन कर चुके थे। जैसे-तैसे दस हजार सैनिक जुटाकर कुंभलमेर की ओर बढ़ा। दाड़भी नामक स्थान पर मेवाड़ी सेना से भिड़ंत हुई। ऊदा पराजित

हुआ। चित्तौड़ भी ऊदा के हाथ में न रहा। राजपूतों की पिता के हत्यारे से कतई सहानुभूति न रही। अतः उस पापी ने विदेशी शासकों से हाथ मिलाने की सोची। वह दिल्ली और मांडू के मुसलिम बादशाहों से भी मिलने गया। उसने मेवाड़ पर आक्रमण करने तक का कुचक्र किया। मांडू के सुलतान ने मदद करने से साफ मना कर दिया तो उसने नीचता की सीमा से भी नीचे गिरकर अपनी पुत्री सुलतान को सुपुर्द करने की पेशकश की। सुलतान से वायदा करके वह महल से बाहर आने को निकल रहा था। आसमान में बादल गरज रहे थे। उदयकरण अपने घोड़े की ओर बढ़ ही रहा था, तभी जोरदार गरज के साथ आसमान में बिजली चमकी और उदयकरण के ऊपर गिरी। पिता का हत्यारा, बिजली ने मारा। उसका शरीर बिना जलाए ही जल गया। उसकी पुत्री का सम्मान बच गया। ईश्वर ने पितृहंता को स्वयं दंड दिया।

□

बिखर गया शत्रु का सपना

महाराणा खेतसिंह और हाड़ावंशी राजा लालसिंह, दोनों संसार से चले गए थे, परंतु मेवाड़ और बूँदी में कड़वाहट भर गए थे। जनता भी इस कटुता को अनुभव कर रही थी। राजा लालसिंह का अनुज वरसिंह चित्तौड़ से बदला लेना चाहता था। अतः उसने दिल्ली के सुलतान गयासुद्दीन तुगलक से भी सहायता लेने का इरादा बना लिया था। तुगलक तो इस जुगाड़ की खोज में ही था। उसके जासूस निरंतर घूम रहे थे। एक जासूस ने तुगलक गयासुद्दीन को सूचना दी कि चित्तौड़ पर आक्रमण का अब बहुत अच्छा अवसर है। खेतसिंह महाराणा का पुत्र लक्षसिंह गद्दीनशीन हुआ है। नाबालिग और अनुभवहीन है। बूँदी और चित्तौड़ के राजवंश आपस में शत्रु हो गए हैं। बूँदी के राजा लालसिंह के मारे जाने के पश्चात् उसके भाई वरसिंह को गद्दी पर बैठाया गया है। उससे हमारी बात हो चुकी है। चित्तौड़ पर आक्रमण में वरसिंह हमारी सहायता करेगा। जासूस की सूचना से गयासुद्दीन फूलकर कुप्पा हो गया। उसने कहा, ''बूँदी के शासक बरसिंह से मेरी मुलाकात करवाओ ताकि सारी बातें तय हो जाएँ। जासूस अपने जुगाड़ में लग गए।''

महाराणा लक्ष सिंह आयु में छोटा था, परंतु बुद्धि में बड़ा था। वह अपने पिता खेतसिंह की तरह न तुनकमिजाज था, न जल्दबाज। उस पर अपने बाबा महाराणा हम्मीर का प्रभाव था। वह देश-धर्म की चिंता करता था। अतः सदैव देश हित को ध्यान में रखकर ही निर्णय

लेता था। वह साहसी था, वीर था, परंतु निर्णय धैर्यपूर्वक बुद्धिमत्ता से करता था। बूँदी पर आक्रमण करने के पिता के विचार के भी वह विरुद्ध था, परंतु पिता ने उसकी सलाह नहीं मानी, क्योंकि वह अहंकार और प्रतिहिंसा की आग में जल रहा था। राणा लक्षसिंह ने सिंहासन सँभालते ही देशहित में विचार करना प्रारंभ कर दिया। एक दिन अपने सभी सामंतों को बुलाकर महाराणा ने अपने विचार प्रस्तुत किए। ''यदि हम देशी राजा परस्पर लड़ते रहे तो हम सभी विदेशी शक्ति का सामना नहीं कर सकेंगे।'' अपने पिता महाराणा खेतसिंह, राजा लालसिंह और वारु वरहट का उदाहरण देकर महाराणा लाखा ने कहा, ''वीरो! आप की वीरता और बुद्धिमत्ता से मैं बहुत छोटा हूँ। आपके अनुभव मुझसे कई गुना ज्यादा हैं, परंतु आपने मुझे महाराणा बनाया है, तो मैं इस पद की गरिमा को बनाए रखना चाहता हूँ। मेरा विचार है कि लाल सिंह हाड़ा के भाई वरसिंह से शत्रुता भुलाकर हमें मित्रता कर लेनी चाहिए। उनको उचित मान-सम्मान दिया जाना चाहिए।'' महाराणा का मंतव्य सभी सामंतों की समझ में सहज ही आ गया। कई सामंतों ने अपने विचार व्यक्त करके महाराणा लाखा से सहमति जताई। एक राणा ने कहा, ''सचमुच आपसी फूट के कारण हम हानि उठा रहे हैं, जबकि हमारे लोग वीर भी हैं और रणकुशल भी हैं। यदि हम आपस में मिल जाएँ तो विदेशियों को नाको चने चबवा सकते हैं।'' तब महाराणा लाखा बोले, ''क्यों न हम बूँदी के वरसिंह को हाड़ा सरदारों के साथ बुलाकर उन्हें एकता के लिए तैयार करें?'' एक स्वर से सब सामंतों ने इस राय का समर्थन किया। एक वयोवृद्ध सामंत को बूँदी के वरसिंह के पास भेजा गया। अन्य पड़ोसी राज्यों से भी राजपूत सरदारों को आमंत्रित किया गया। एक वृहद् सभा हुई। संगठित होने की बात सबकी समझ में आ गई। फिर एक गुप्त योजना पर सहमति बनी।

गयासुद्दीन तुगलक के जासूसों ने बादशाह को जाकर बताया कि

मेवाड़ और बूँदी के राजवंशों में भारी मतभेद उभर आए हैं। लालसिंह और खेत सिंह दोनों ही प्राण गँवा चुके हैं। नया महाराणा लक्षसिंह किशोर है तथा अनुभवहीन है। लालसिंह का भाई वरसिंह हमें सहयोग देने को तैयार है। ऐसे में मेवाड़ पर आक्रमण करना और जीत लेना सही निर्णय होगा। बादशाह तुगलक जासूस की सूचना से अत्यधिक प्रसन्न हुआ। उसने अपने सेनापति को तैयारी करने का आदेश दे दिया। तभी बूँदी के वरसिंह का दूत पहुँचा। बादशाह ने दूत को भीतर बुलवाया। दूत ने कहा, ''हुजूर हम अपनी सेना लेकर मेवाड़ की ओर चल रहे हैं। आप भी सेना लेकर मेवाड़ पर चढ़ाई करने हेतु आगे बढ़ें।''

बादशाह तुगलक खुशी से फूलकर कुप्पा हो गया। उसने तुरंत अपनी सेना को आदेश दिया कि समय गँवाने की जरूरत नहीं। बिना एक दिन भी खोए आज ही रात को कूच कर दो। आदेश मिलते ही सेना मेवाड़ की दिशा में चल पड़ी। मेवाड़ के मैदान में शाही सेना पहुँची तो चकित रह गई। मेवाड़ की सेना वहाँ पहले ही पहुँची हुई थी। सोचा, चलो ठीक है, यहीं सामना हो जाएगा। इतने में मालूम हुआ की बूँदी की सेना दिल्ली की सेना के पीछे आ पहुँची। पहले तो तुगलक ने समझा कि यह हमारी सहायता के लिए आई है, परंतु जब सामने से मेवाड़ी सेना ने जोरदार आक्रमण किया, तभी पीछे से बूँदी की सेना ने भी हल्ला बोल दिया। तुगलक की सेना के पाँव उखड़ गए। जिसे जिधर का रास्ता दिखा, उधर ही भागा। बहुत से मारे गए। कुछ भटककर कहीं-के-कहीं पहुँच गए। स्वयं तुगलक भी प्राण बचा कर गया।

महाराणा लाखा की योजना सफल हुई। चित्तौड़ की छोटी सी सेना भी महाराणा की सूझ-बूझ से विजयी हुई। बूँदी के वरसिंह को सम्मानपूर्वक राजगद्दी पर बिठा दिया गया। मेवाड़ के महाराणा का राजपूतों में पुनः सम्मान बढ़ गया। तुगलक का सपना फिर बिखर गया।

□

फिर जीता चित्तौड़

चित्तौड़ पर राजा भुवन सिंह का राज्य था। उनके अनुज थे राणा लक्ष्मण सिंह। महाराणा भुवन सिंह का स्वर्गवास युवावस्था में ही हो गया था। अतः महाराणा लक्ष्मण सिंह राजसिंहासन पर विराजमान हुए। उनके दो पुत्र हुए, बड़े राणा अरि सिंह तथा छोटे राणा अजय सिंह। अरिसिंह ने ग्राम उनवां की एक ग्रामीण कन्या से विवाह किया था। उस चंद्राणा देवी को चित्तौड़ नहीं ले जा पाए। खिलजी की सेना ने चारों ओर से चित्तौड़ को फिर घेर लिया। महाराणा लक्ष्मण सिंह ने छोटे पुत्र अजय सिंह को प्राण बचाकर चित्तौड़ से चले जाने का आदेश दिया। महाराणा लक्ष्मण सिंह और युवराज अरिसिंह चित्तौड़ की रक्षा करते हुए बलिदान हो गए। चित्तौड़ की अपेक्षा खिलजी की सेना पचास गुना अधिक थी। अतः परिणाम यही होना था। पहाड़ी घाटी कैलवाड़ा में राणा अजय सिंह नाममात्र के शासक रह गए थे। सेना के नाम पर मुट्ठीभर सैनिक, संपत्ति के नाम पर छोटा सा महल और प्रजा के नाम पर बस कैलवाड़ा और आसपास के गाँव। शासन के नाम पर किसानों के आपसी विवादों का निर्णय करना।

एक बिल्लौच मुंजा ने हमला करके प्रजा को परेशान करना शुरू कर दिया तो उसको दंड देना भी कठिन हो गया। उनके दो पुत्र थे। नवयुवक पुत्रों ने भी मुंजा बिलोच से युद्ध करने से इनकार कर दिया तो राणा अजय सिंह परेशान हो गए। रोगी और वृद्ध होने के कारण अपनी

भुजाओं में शक्ति बची नहीं थी। तभी एक सेनानायक ने याद दिलाया कि उनके अग्रज अरि सिंह की विधवा अपने पुत्र के साथ उनवां में रह रही है। वह बालक भी अब नवयुवक हो चुका होगा। उसे बुलवा लीजिए। महाराणा अजय सिंह ने तुरंत सैनिक भेजकर माँ-बेटे दोनों को बुलवाने की व्यवस्था की। राणा अरिसिंह के सुपुत्र का ही नाम था हम्मीर। उसने आकर चाचाजी के चरणों में प्रणाम किया। राणा अजय सिंह ने अपने पुत्रों की कायरता बताई, अपनी असमर्थता जताई और मुंजा विलोच के आतंक से प्रजा की रक्षा करने का आदेश दिया। हम्मीर सच्चा वीर था। उसके पास वीर साथियों की टोली भी थी। उसी समय मुंजा को जिंदा या मुर्दा पकड़कर लाने की प्रतिज्ञा कर ली।

कुछ ही दिन बाद एक पहाड़ी पर वह जश्न मनाने आया। शराब और कबाब की दावत थी। हम्मीर की टोली वहीं जा पहुँची और जश्न में डूबे मुंजा के साथियों पर आक्रमण कर दिया। मुंजा ने दया की भीख माँगी, परंतु हम्मीर ने अपनी प्रतिज्ञा पूरी करते हुए तलवार से उसका शीश उतार लिया। रक्त टपकाते हुए ही उसे लेकर अपने चाचा अजय सिंह के सामने उपस्थित हुआ। राणा अजय सिंह ने उसी रक्त से हम्मीर का राजतिलक करते हुए उसे महाराणा घोषित कर दिया। स्वर्ग सिधारने से पहले राणा अजय सिंह ने चैन की साँस ली।

हम्मीर अब महाराणा बन चुके थे, उनके सामने अब चित्तौड़ वापस लेने का लक्ष्य था और साधन शून्य थे। न कोई बड़ी संपत्ति, न सेना, न सैनिक जोड़ने की कोई व्यवस्था। युवा हम्मीर चिंतामग्न रहते और उपाय सोचा करते। एक बार राणा हम्मीर खोड़ नामक ग्राम में गए। ग्रामीणों से चर्चा में ज्ञात हुआ कि उसी गाँव में एक जोगन रहती है, जो देवी की भक्त है। वह भविष्य भी बताती है तथा उसका आशीर्वाद भी फलित होता है। परेशानी में तो थे ही, हम्मीर ने उस देवी भक्त जोगन के दर्शन किए और आशीर्वाद माँगा। ''माँ कैलवाड़ा में मेरा राजतिलक

हो गया, परंतु न मेरे पास संपत्ति है, न सेना। इस पर चित्तौड़ का किला वापस लेने का महान लक्ष्य में कैसे पूरा कर पाऊँगा?''

वखड़ी नाम की योगिनी ने कहा, ''बेटा! निराश मत होना। लक्ष्य के प्रति मन को सुदृढ रखो। जिसमें आत्मविश्वास होता है, उसकी सहायता दैवी शक्ति भी करती है। कैलवाड़ा से चित्तौड़ का द्वार खुलेगा। मेरा पुत्र घोड़ों का व्यापार करता है। वह कैलवाड़ा भी आएगा। उससे पाँच सौ घोड़े खरीद लेना। मूल्य धीरे-धीरे चुकाने को कह देना। वह मान जाएगा। इस प्रकार घुड़सवार सेना गठित करना और शस्त्र एकत्र करना। मेरा आशीर्वाद तेरे साथ है। पहली बार जहाँ से विवाह का प्रस्ताव आए, उसे तुरंत स्वीकार कर लेना। पत्नी जो सलाह दे, उस पर ध्यान अवश्य देना। जा तेरा कल्याण हो।'' हम्मीर का नैराश्य समाप्त हो गया। मन में आशा की किरण जाग गई। उसे अपना भविष्य मंगलमय दिखाई देने लगा। वह कैलवाड़ा वापस आ गया। कुछ ही दिनों में माता वखड़ी का पुत्र बारू सिंह कैलवाड़ा आ पहुँचा। हम्मीर ने पाँच सौ घोड़ों की बात की। वह बोला, ''मैं व्यापार में जो लाभ कमाना था, वह कमा चुका हूँ। अब छह मास के बाद ही जाऊँगा। अतः आप हजार घोड़े ले लो। कीमत बाद में दे देना। इनका दैनिक भोजन का व्यय नहीं देना पड़ेगा। यही मेरा लाभ होगा।'' हम्मीर ने प्रसन्नतापूर्वक हजार घोड़े ले लिये। इस प्रकार सेना तैयार करने की योजना का श्रीगणेश हुआ। आसपास हम्मीर की वीरता और बढ़ती सैन्य शक्ति की चर्चा होने लगी।

राणा हम्मीर ने विचार किया कि मेवाड़ में दिल्ली की सेना को भोजन क्या दिल्ली से आता है? वे सभी मेवाड़ के ही अन्न-जल पर पल रहे हैं। गाँवों के खेतों को ही लूटकर ले जाते हैं और मजे से खाते हैं। यदि उन्हें यह अनाज न मिले तो कैसे पलेंगे? हमारे किसान भूखे मरते हैं और वे मजे करते हैं।

महाराणा हम्मीर ने मेवाड़ में गाँव-गाँव जाकर प्रजा को एकत्र

करके उन्हें यह बात समझाई कि मुसलमान बादशाह की सेना हमारी ही फसल लूटकर अपना पेट भर रही है और हमारे ही विरुद्ध युद्ध कर रही है। हमारा मेवाड़ संकट में है। चित्तौड़ पर तो दिल्ली के बादशाह तुगलक ने अधिकार कर ही रखा है। महाराणा हम्मीर ने कहा कि आप चित्तौड़ के पास के खेतों को वीरान करके कैलवाड़ा की घाटी में आकर बस जाओ। खेती करो। यहाँ कोई बाधा न होगी। कुछ कठिनाइयाँ आएँगी तो उनको सहन करो। कठिनाइयों से जूझना राजपूती आदत है। मेवाड़ के जिन क्षेत्रों में मुसलिम सेनाएँ पड़ी हैं, उन्हें वीरान कर दो। जब खेतों में फसल नहीं मिलेंगी तो वे क्या लूटेंगे, क्या खाएँगे ? झक मारकर वापस लौट ही जाएँगे। कैलवाड़ा की घाटी का रुख किया तो हम उनको लोहे के चने चबवा देंगे। मैदान की अपेक्षा पहाड़ों में, घाटियों में हम उनको आसानी से परास्त कर सकते हैं। आप कैलवाड़ा की घाटी को हरा-भरा करो। स्वयं को संपन्न करो। मैदानी इलाकों में उनकी सेना को अन्न और जल का अभाव हो जाएगा तो वे स्वयं ही चले जाएँगे। महाराणा हम्मीर के शब्दों ने जादू का काम किया। अधिकांश गाँव अपने खेत वीरान करके कैलवाड़ा में आ बसे। तुगलक की सेना को खाना मिलना बंद हो गया। उनके घोड़ों को भी चारा न मिला। चित्तौड़ के आसपास के गाँव सूने हो गए। कैलवाड़ा की घाटी संपन्न हो गई। सूनी घाटियाँ खेतों तथा तालाबों से भर गईं। महाराणा का राजकोष भी बढ़ा। सैनिक शक्ति भी बढ़ी। भीलों की एक मजबूत सेना खड़ी कर ली गई। महाराणा हम्मीर की बढ़ती शक्ति की चर्चा दूर-दूर तक सुनाई देने लगी। सभी पहाड़ी मार्गों पर राणा की ओर से सुरक्षा चौकियाँ बना दी गईं। शत्रु सैनिक पहाड़ी क्षेत्र में प्रवेश ही न कर पाएँ, ऐसे प्रबंध पुख्ता कर दिए गए। कैलवाड़ा का व्यापारिक रुख मारवाड़ तथा गुजरात से जोड़ा गया। जनता को इस प्रकार अधिक लाभ हुआ।

जो काम मुसलमान सैनिक किया करते थे, वही राजपूतों ने करना

शुरू कर दिया। छापामार दस्ते पहाड़ों से निकलते और इसलामी सेना के पड़ावों पर आक्रमण कर देते। जो हाथ लगता, वही ले जाते। इस प्रकार उनकी सेना को दो प्रकार से परेशानी होने लगी। खाने के लाले पड़ गए और अचानक आक्रमण। पहाड़ी मार्गों से परिचित न होने के कारण मुसलमान सैनिक उन राजपूतों को पकड़ नहीं पाते थे। उनका परेशान होना स्वाभाविक ही था। मोहम्मद तुगलक को सारी जानकारी मिली तो उसने चित्तौड़ का किला जालौर के जागीरदार मालदेव सिंह को सौंप दिया। किले की रक्षा का भार उसे सौंपकर मौ. तुगलक को सेना के खर्च की चिंता नहीं रही, साथ ही उससे कुछ कर लेना भी तय कर दिया।

मालदेव सिंह बन गया चित्तौड़ का प्रशासक, किंतु तुगलक का प्रतिनिधि! राणा हम्मीर ने उसके पास संदेश भेजा कि आप राजपूत हैं, हिंदू हैं। आप मोहम्मद तुगलक का सहयोग क्यों कर रहे हैं? उन जालिम अत्याचारी लोगों का प्रतिनिधि बनकर आप प्रसन्न हैं, जो हमारे मंदिरों को ध्वस्त करने में लगे हुए हैं। आप इनके पापों में सहयोग देकर कुकर्म कर रहे हैं। आप इनके विरुद्ध संघर्ष करें तो मैं आपके पीछे चलूँगा। आपकी जयजयकार करूँगा। आपका पसीना जहाँ बहेगा, मैं अपना रक्त बहा दूँगा। आप उनकी अधीनता त्याग दें। स्वयं को स्वतंत्र घोषित कर दीजिए। मैं आपके साथ रहूँगा।

मालदेव ने हम्मीर की बात तो नहीं मानी, परंतु कुछ दिनों में उसे स्वयं विवशता दिखाई देने लगी। दिल्ली कर तो माँगती थी, परंतु सहायता कतई नहीं करती थी। सेना के लिए किसी प्रकार की सहायता नहीं आ रही थी। मेवाड़ी राजपूत सेना में भरती नहीं हो रहे थे। इसलामी सैनिक ऐय्याश थे। उनके खाने-पीने का खर्च भी पूरा नहीं हो पा रहा था। उसकी गति विचित्र हो गई थी। वह इस दुविधा में था कि चित्तौड़ के शासन में वह असफल हो गया तो जालौर भी न हाथ से चला जाए। उसके लिए तो आगे कुआँ था और पीछे खाई। अत: उसने अपने साथी

सलाहकारों को बुलाकर सारी चिंता समझाई। तरह-तरह के सुझाव आए। एक अनुभवी सरदार ने सुझाव दिया, "आप अपनी पुत्री का विवाह राणा हम्मीर से कर दीजिए। इधर से आपको भय न रहेगा। दिल्ली से जंग करनी पड़ी तो हम्मीर आपका साथ देगा। अन्य किसी से युद्ध होगा तो राणा हम्मीर हमारी ढाल बनेगा।" इस सुझाव के पक्ष में सर्वसम्मति बन गई। राजा मालदेव सिंह भी इसका विरोध न कर सका। उसे लगा कि बेटी सयानी हो गई है, कहीं-न-कहीं विवाह तो करना ही है। अतः इस सुझाव को मान लिया गया। उसने राजा हम्मीर से विवाह का प्रस्ताव लेकर एक सरदार को भेज दिया। प्रस्ताव पर दरबार में विचार किया गया, अधिक सरदारों ने इसका विरोध किया। तभी महाराणा हम्मीर ने बखड़ी माता की वाणी सुनाई। उन्होंने कहा था कि विवाह के लिए जो भी पहला प्रस्ताव आए, उसे स्वीकार कर लेना। वह हितकर होगा। इस विचार से सभी ने सहमति दे दी और महाराणा हम्मीर ने स्वीकृति भेज दी।

महाराणा की बरात और सेना चित्तौड़ पहुँच गई। वैदिक विधि से विवाह संपन्न हो गया। देवी मंदिर के दर्शन के बहाने हम्मीर ने मुख्य मार्ग एवं द्वारों को भी देख लिया। राजकुमारी सोनगिरि देशभक्त थी। वह राणा हम्मीर के साथ विवाह से अत्यंत प्रसन्न थी। उसने प्रथम रात्रि को ही **राणा हम्मीर** से कहा, "मैं सिसोदिया वंश की बहू बनकर स्वयं को भाग्यशाली समझ रही हूँ। विदा के समय आप पिताजी के वरिष्ठ मंत्री श्री मौजीराम मेहता को दहेज में माँग लें। मेहता देशभक्त और बुद्धिमान है। उसकी सलाह भविष्य में लाभप्रद रहेगी।" राणा को बखड़ी देवी की वाणी फिर याद आई। अगले दिन प्रातःकाल ही विदाई होनी थी। राजकुमारी सोनगिरि की सलाह के अनुसार राणा ने मंत्री मौजीराम मेहता को माँग लिया। मालदेव सिंह असमंजस में पड़ गए, परंतु कुछ सोचकर मौजीराम मेहता से बोला, "मेहता जी! आज से महाराणा हम्मीर आपके

स्वामी हैं। उनकी सेवा पूरी निष्ठा से करना।'' इसके पश्चात् किले के द्वार से बाहर निकलते समय रक्षक प्रमुख से कहा, ''आज से महाराणा हमारे दामाद हैं, परंतु फिर भी गैर समय आने पर द्वार खोलने से पूर्व अनुमति अवश्य लेना।''

विदाई संपन्न हुई, महाराणा कैलवाड़ा जाने के लिए किले से निकले। अभी सीमा पर ही पहुँचे थे मौजीराम मेहता बोले, ''महाराणाजी! जरा रुकिए! मेरी एक सलाह है।'' महाराणा रुके, पर कुछ समझ न सके, परंतु जिसे वे बुद्धिमान मानकर माँगकर लाए हैं, उसकी बात भला अनसुनी कैसे कर सकते थे। मेहताजी बोले, ''महाराणा! आपने राजकुमारी सोनगिरि पर शत्रु की पुत्री होने पर भी भरोसा किया। शत्रु का मंत्री होने पर भी मुझे उनसे माँगा, तभी मैं समझ गया कि चित्तौड़ को वापस लेने के लक्ष्य में सहायक मानकर ही आपने यह कदम उठाया है तो मेरी सलाह है कि इससे अच्छा अवसर फिर शायद ही मिले। आपको इस अवसर का लाभ उठाना चाहिए।'' महाराणा की समझ में तो कुछ नहीं आया, परंतु अपने लक्ष्य में सहायक की सलाह सुनने की उत्सुकतावश वे मेहताजी के निकट पहुँच गए। मेहताजी ने धीमी वाणी में महाराणा को अपनी योजना समझाई, ''महाराज! चित्तौड़ लेने का इससे उत्तम अवसर फिर नहीं मिलेगा।'' राणा हम्मीर ने जिज्ञासा भरी दृष्टि से मेहताजी की ओर देखा। मेहताजी ने योजना का संकेत आगे बढ़ाया, ''महाराज! दिल्ली का सुलतान सिंगरौली में घिरा हुआ है। मालदेव सिंह को उसने मदद के लिए आमंत्रित किया है। विवाह के कारण मालदेव सिंह रुके हुए थे। आज ही अपनी सेना को उन्होंने तैयार होने का आदेश दे दिया है। कल या परसों वे सेना सहित सिंगरौली को चले जाएँगे। आप कैलवाड़ा की ओर जाने का दिखावा तो करें, परंतु जाएँ नहीं। आसपास के जंगल में एक सप्ताह डेरा डाले रहें। मैं बिटिया सोनगिरि के साथ कैलवाड़े तक जाऊँगा। अपनी शेष सेना भी वहीं

बुलवा लीजिए, जहाँ आप डेरा डालें। यहाँ मालदेव राजा ने आपको चित्तौड़ में प्रवेश न करने देने का संकेत दिया है, परंतु मुझे ये रक्षक नहीं रोकेंगे, क्योंकि उन सबको यही पता है कि मैं सोनगिरि को पहुँचाकर शीघ्र वापस आऊँगा। जैसे ही आपकी सारी सेना पहुँच जाएगी, हम चित्तौड़ में रात्रि में प्रवेश के लिए आ जाएँगे। महाराणा की समझ में योजना आ गई, परंतु उन्हें विश्वास नहीं हो पा रहा था कि जो आज प्रात: तक मालदेव सिंह का मंत्री था, वह मेरे प्रति इतना स्वामीभक्त कैसे हो गया। ऐसा व्यक्ति भविष्य में मेरा भी रह पाएगा क्या? मन में आशंका उठी; कहीं यह कोई षड्यंत्र तो नहीं। फिर उसे योगिनी बाखड़ी की बात स्मरण हुई। उन्होंने कहा था कि विवाह से ही चित्तौड़ वापस लेने का मार्ग निकलेगा। अत: महाराणा हम्मीर ने कहा, ''फिर!''

मेहता बोले, ''फिर क्या! मेरे कहने पर मुख्यद्वार खुलेगा। शेष कार्य आपके सैनिकों को ही करना होगा। रक्षकों को काबू करना और बचे-खुचे सैनिकों को समाप्त कर चित्तौड़ पर अधिकार करना। महाराणा ने प्रसन्नतापूर्वक कहा, ''अति उत्तम मेहताजी! मैं एक बार रानी से मिल लूँ, फिर उन्हें कैलवाड़ा भिजवा देना।'' महाराणा रानी के डोले के पास पहुँचे। रानी से परदा हटाकर बात की और संक्षेप में मेहताजी की योजना पर अविश्वास व्यक्त किया। रानी बोली, ''महाराज! मेहताजी देशभक्त हैं। वे न तो मालदेव के भक्त हैं, न आपके न मेरे। वे भी म्लेच्छों का अधिकार नहीं होने देना चाहते। उनकी हर योजना विश्वसनीय होगी।''

रानी का डोला कुछ रक्षकों के साथ कैलवाड़ा की ओर बढ़ गया। महाराणा हम्मीर जंगल में डेरा डालकर ठहर गए। सैनिकों को बताया कि वे एक सप्ताह यहीं शिकार खेलकर बाद में जाएँगे। योजना के अनुसार शेष सेना को भी वहीं पहुँचने का आदेश भेज दिया। मंत्री मेहताजी रानी को कैलवाड़ा तक सुरक्षित पहुँचाकर पाँचवें दिन वापस आ गए। महाराणा ने सेना सहित रात्रि को चित्तौड़ पर आक्रमण की तैयारी कर

ली। अग्रिम टोली में मेहताजी थे। मुख्य द्वार खटकाया। रक्षकों ने पूछा, "कौन?" मेहताजी ने उत्तर दिया, "मैं हूँ मौजीराम मेहता, राजकुमारी को विदा करवाकर लौटा हूँ।" रक्षकों के सुपरिचित थे मेहताजी। द्वार खोल दिया गया। मेहता के साथ ही सैनिक घुसे और तुरंत रक्षकों पर काबू पा लिया। कुछ बाँध लिये, कुछ मार दिए। फिर तो पूरी सेना भीतर आ गई। चुन-चुनकर शत्रु सैनिकों को मौत के घाट उतार दिया।

किले में मूल निवासी तो मेवाड़ी ही थे। उनको किसी ने नहीं छेड़ा, महाराणा के अधिकार की घोषणा कर दी गई। प्रात:काल होते ही किले में सभा बुलाई गई और महाराणा हम्मीर का राजतिलक कर दिया गया। मालदेव सिंह का शेष परिवार तो जालौर भेज दिया गया। सिसोदिया वंश ने मेवाड़ की राजधानी चित्तौड़ को पुन: प्राप्त कर लिया। कैलवाड़ा पहुँचे हुए किसानों को पुन: अपने पुराने ग्रामों में लौटने का अवसर मिला। योगिनी का आशीर्वाद फलित हुआ। देशभक्तों को अपार प्रसन्नता हुई।

□

अहंकार : राजपूतों का दुर्गुण

राजपूतों की वीरता के किस्से बहुत प्रसिद्ध हैं। संसार भर में उनका कोई सानी नहीं। फिर भी भारत पराधीन कैसे हो गया, देश-रक्षा के मामले में उनकी वीरता काम क्यों नहीं आई? इसका उत्तर है राजपूतों का एक दुर्गुण। जी हाँ, अहंकार उनके रक्त में घुला हुआ है, उनका रक्त जरा सी चिंगारी से उबलने लगता है। छोटी-छोटी बातों पर भिड़ जाना, प्राणों की बाजी लगा देना उनमें से अधिकांश का स्वभाव बन गया है। वास्तव में राजपूत अपनी इस दुर्बलता को अपना गुण मानते हैं। अपने-पराए किसी बात को सहन करना वे अपने स्वाभिमान पर चोट मानते हैं। जन या धन की हानि पर विचार करने को आवश्यक नहीं समझते।

महाराणा हम्मीर के पुत्र थे राजा खेत सिंह। खेतसिंह का स्वभाव राजपूती गुणों-दुर्गुणों का नमूना था। चित्तौड़ के पास ही बूँदी राजपूतों का बड़ा गढ़ था। बूँदी में हाड़ावंशी राजपूतों का राज्य था। बूँदी के राव लालसिंहजी की पुत्री का विवाह महाराणा खेतसिंह से हुआ था। इस प्रकार राव लाल सिंह श्वसुर थे और खेतसिंह दामाद। अत: एक-दूसरे के यहाँ उत्सवों में सम्मिलित होना स्वाभाविक था। एक बार बूँदी में एक घुड़सवारी तथा निशानेबाजी की प्रतियोगिता का आयोजन किया गया। पुरस्कार वितरण के लिए महाराणा खेतसिंहजी को बुलाया गया।

महाराणा खेतसिंह मानते थे कि उनके पिता महाराणा हम्मीर ने चित्तौड़ को पुन: प्राप्त किया। इसमें देवी बखड़ी और उनके पुत्र बारू

वरहट की भी सहायता थी। जहाँ देवी बखड़ी का आशीर्वाद था, वहीं बारू ने हजार घोड़े किश्तों पर देकर अहसान किया था। अत: राणा खेतसिंह ने इस अवसर पर बारू वरहट को पुरस्कृत करने का निश्चय किया। अत: राजा लालसिंह से कहा कि व्यापारी बारू को भी बुलवा लें ताकि उसे पुरस्कृत किया जा सके। बारू बूँदी राज्य के ही क्षेत्र में रहता था।

उत्सव का शुभ दिन आया। महाराणा खेतसिंह उपस्थित हुए। अन्य जो कार्यक्रम निश्चित थे, सब यथा समय संपन्न हुए। तदनंतर महाराणा खेतसिंह ने बारू वारहट को मंच पर बुलाया। उसको सम्मानित करते हुए अपने राज्य के पाँच गाँवों की जागीर पुरस्कार में दे दी। राजा लालसिंह को लगा कि मेरे राज्य के निवासी को यदि मैं कुछ नहीं देता हूँ तो मेरी हेटी हो जाएगी। अत: उन्होंने भी यह घोषणा कर दी कि बारू को कुछ धनराशि से हम भी पुरस्कृत करते हैं। राशि की थैली लेकर जैसे ही राजा लाल सिंह आगे बढ़े। बारू ने कहा, ''राजन! क्षमा करें! मैं आपका दिया पुरस्कार स्वीकार नहीं करूँगा। मैं केवल सच्चे वीर राजपूतों से ही पुरस्कार लेता हूँ।'' बारू के शब्दों से राजा लाल सिंह का खून खौल गया। उसे यह अपमान सहन नहीं हुआ। लाल सिंह के नेत्र क्रोध से लाल हो गए। बोले कि क्या मैं राजपूत नहीं हूँ? बारू भी चुप नहीं रहा। कहा, ''होंगे, परंतु मैं मेवाड़ के राणा से आपकी तुलना नहीं करता। मेवाड़ के राणा ही सच्चे राजपूत हैं। यह मैं नहीं, पूरी दुनिया मानती है।'' ऐसी बात सुनकर किसे क्रोध नहीं आता? लालसिंह की भौंहें तन गईं। शरीर की सारी नसें बदला लेने को फड़कने लगीं। बाहर बस इतना ही कह पाए, ''राज्य का पुरस्कार तो तुम्हें स्वीकार करना ही पड़ेगा। बारू बोला, ''एक शर्त पर, इससे पूर्व मेरी ओर से एक भेंट स्वीकार करनी पड़ेगी।''

समारोह के समय तो बात आई, गई हो गई, परंतु बाद में अपने

अपमान के विरुद्ध क्रुद्ध लालसिंह ने बारू को बंदी बनाकर जेल में डाल दिया। उसकी देख-रेख के लिए एक अल्पवयस्क राठी बालक को लगा दिया। बारू तो व्यापारी था। कुछ ही दिनों में अपने व्यवहार से बारू ने उस बालक से मित्रता कर ली। वह चाहता तो बालक को विश्वास में लेकर कैद से भाग भी सकता था। पर वह भी राजा लालसिंह को चकित करनेवाली भेंट देना चाहता था। अत: उसने ऐसा ही स्तंभित करनेवाला निर्णय लिया, उसने बालक से कहा, "मैं अपना सिर काटनेवाला हूँ। तुम इसे एक कपड़े में लपेटकर राजा को भेंट कर देना।" बालक अभी इसका आशय भी समझ नहीं पाया था, तब तक बारू ने अपनी तलवार से अपना शीश काट डाला। बालक के सामने आज्ञा पालन के अतिरिक्त कोई विकल्प न बचा। उसने शीघ्र सिर को एक कपड़े में बाँधा और जाकर राजा को दे दिया। चकित राजा ने पूछा, "यह क्या है ?" बालक बोला, "आपकी सेवा में बारू की भेंट" वस्त्र हटा, बारू का कटा हुआ सिर देखकर राजा स्तंभित रह गया। इसको भी राजा ने बारू की जीत और अपनी हार के रूप में माना। इसके पश्चात् वह कर ही क्या सकता था ? बारू के शव का दाह-संस्कार करवा दिया। समाचार सारे राज्य में आग की तरह फैल गया।

महाराणा खेतसिंह को भी यह समाचार मिला। राजा ने अनुमान लगाया कि राजा लालसिंह ने ही बारू को स्वयं मरवाया है। अत: राणा भी इसे अपना अपमान मानकर क्रुद्ध हो गए। उन्होंने अपने श्वसुर पर आक्रमण कर दिया। बूँदी नरेश ने किले की सुरक्षा इतनी सख्त कर दी कि कई दिन तक घेरा डाले रही राणा की सेना किले में प्रवेश नहीं कर पाई। महाराणा खेतसिंह दीवार पर चढ़कर अकेले ही किले में कूद पड़े। उसका परिणाम जो होना था, वही हुआ। बूँदी के सैनिकों ने राणा को घेर लिया। अकेले राणा लड़े, परंतु मारे गए। महाराणा का वध चित्तौड़ भी कैसे सहन करता ? अत: सेना ने किले में घुसकर भारी उत्पात मचाया।

लालसिंह के टुकड़े-टुकड़े कर दिए। सेना जो मरी-कटी, उसकी तो गिनती ही नहीं। भारी विनाश हुआ। इनमें कोई भी पक्ष विदेशी नहीं था, यहाँ एक श्वसुर तथा दूसरा दामाद। दोनों अहंकार से ग्रस्त, दोनों अपमान की अग्नि में जलते, न देश की चिंता, न जनता का विचार, एक झूठा अहंकार तीनों ही परिवार का विनाश। बारू यदि लालसिंह का दिया पुरस्कार ले ही लेता तो क्या घट जाता? उसने पुरस्कार स्वीकार नहीं किया तो न सही। बात समाप्त। इसे तूल देकर बारू को बंदी बनाने की क्या आवश्यकता थी? वह भी इतना हठी निकला कि स्वयं अपना सिर काटकर राजा को भेंट कर दिया। उसे क्या मिला? कुछ भी तो नहीं। अपनी जिंदगी अर्पण कर दी एक झूठे अहंकार के लिए। शहीद हो गया बारू तो महाराणा को अपने ही श्वसुर से बदला लेने का क्या मतलब? जबकि उसे किसी ने नहीं मारा, उसने स्वयं ही अपना सिर काटा था। यह राजपूती अहंकार का भयंकर उदाहरण है। इससे सीख लेनी चाहिए और अब ऐसे अहंकार को तिलांजलि देनी चाहिए। करणी सेना का किसी भी कीमत पर 'पद्मावती' फिल्म का विरोध भी अहंकार ही है। अपेक्षित परिवर्तन न करना संजय लीला भंसाली की भी मूर्खतापूर्ण जिद्द है। परिणाम की चिंता सरकार को करनी चाहिए और दोनों पक्षों को सामने बिठाकर हल निकालना चाहिए।

□

संगठन में शक्ति

महाराणा रायमल ने मांडू के सुलतान गयासुद्दीन के सपनों पर पानी फेर दिया। रायमल के बड़े भाई राणा ऊदा ने मेवाड़ पर पुनः कब्जा प्राप्त करने के लिए मांडू के राजमहल में अपनी पुत्री को देने तक का वायदा कर दिया, स्वाथ में व्यक्ति कितना पतित हो सकता है ? परंतु अचानक बिजली गिरने से राणा ऊदा की मृत्यु से सुलतान के सपने बिखर गए। ऊदा के दोनों पुत्र भी सुलतान से जा मिले थे, यद्यपि अपनी बहन को बादशाह के हरम में भेजने को वे मन से तैयार नहीं थे। सुलतान गयासुद्दीन ने महाराणा रायमल को धमकी भरा पत्र भेजा कि अपनी भतीजी का डोला भिजवा दे, नहीं तो मेवाड़ की ईंट-से-ईंट बजा दी जाएगी। महाराणा रायमल ने उत्तर तो नहीं दिया, पर उत्तर देने का पूरा प्रबंध कर लिया। सुलतान उत्तर का इंतजार करता रहा और महाराणा रायमल गाँव-गाँव घूमकर राजपूतों को संगठित करते रहे। महाराणा ने बड़े भाई ऊदा के दोनों पुत्रों को बुलाकर समझा दिया। उन्हें क्षमा कर दिया और वहाँ की गतिविधियों की जानकारी देते रहने का कार्य सौंप दिया। राजस्थान के गाँव-गाँव में अलख जगाकर विदेशी शत्रुओं के प्रति जनता को जाग्रत् किया। अपनी सेना में भारी संख्या में जवान भरती किए। तब गयासुद्दीन को संदेश भेजा। राजपूत अपनी आन के लिए बलिदान करने को तैयार रहते हैं। धमकी भरे पत्र हमें झुका नहीं सकते।''

गयासुद्दीन को तो अपनी भारी सेना का अभिमान था। उसे यह भी विश्वास था कि मेवाड़ के राजघराने में फूट पड़ चुकी है। सेना भी थोड़ी बची है, अतः उसने भारी सेना लेकर चित्तौड़ किले को घेर लिया। बादशाह की कल्पना थी कि चित्तौड़ के किले में भोजन समाप्त होने लगेगा, तब राजपूत फाटक खोलेंगे और हम उन पर आक्रमण करके किले पर कब्जा करके लूट लेंगे। शाही सेना अभी थककर आई थीं और पड़ाव डालकर आराम से सो रही थी, तभी राणा रायमल की सेना ने भयंकर आक्रमण कर दिया। गयासुद्दीन की सेना असावधान थी, तभी मानो अग्निबाणों के प्रहार से डेरे जलने लगे। आक्रमण अत्यंत भीषण था, शाही सेना को यह पता ही नहीं चला कि कहाँ जाए, कैसे बचे, क्योंकि आक्रमण किस दिशा से हो रहा है, यह भी उन्हें पता नहीं चल रहा था। भागो-भागो! बचाओ-बचाओ! का स्वर ही सुनाई देता था। फिर क्या था, जिसे जहाँ राह मिली भागने लगा। गयासुद्दीन के भी सितारे कुछ अनुकूल ही थे, तभी वह भागा और रायमल के पीछा करने के पश्चात् भी मांडू किले में प्रवेश कर ही गया।

रायमल ने मांडू में प्रवेश नहीं किया। यह उसका दूरदर्शी निर्णय था। अभी विजय उसके पक्ष में थी। किले में प्रवेश करके थोड़ी सी सेना के साथ वह घिर भी सकता था। उसकी जीती हुई बाजी हार में बदल सकती थी। उसे वहाँ बंदी भी बनाया जा सकता था और मारा भी जा सकता था। अतः मांडू से वापस सही-सलामत चित्तौड़ लौट आने का निर्णय सही था। महाराणा रायमल ने बड़े भाई उदयकरण के पुत्रों को तो क्षमा करके तथा अभय करके पहले ही अपने साथ मिला लिया था। उन्हें अपने पुत्रों के समान ही पद देकर सम्मानित कर दिया था। दूरदर्शी रायमल यह जानते थे कि समय मिलते ही गयासुद्दीन पुनः आक्रमण करेगा। अतः उन्होंने आसपास के राज्यों को मेल-मिलाप करने के लिए प्रेरित किया। उनके मन में यह भाव जाग्रत् किया कि

विदेशी आक्रांता हम सबका ही शत्रु है। उन्होंने निमंत्रण देकर पड़ोसी राजपूत राजाओं को बुलाया। जो नहीं आए, उनके पास स्वयं जाकर मिले और राष्ट्रप्रेम की दुहाई दी। धर्म की दुहाई दी। उन्हें समझाया कि विदेशी शासक हमें अलग-अलग जीतकर गुलाम बना सकते हैं। हमारे मठ-मंदिरों को खंडित कर सकते हैं। हमारी बहू-बेटियों को अपमानित कर सकते हैं। अतः क्यों न हम संगठित हो जाएँ? अपने क्षुद्र अभिमान को छोड़कर परस्पर सहयोगी बन जाएँ। महाराणा रायमल ने यह संदेश मौखिक ही नहीं दिया, बल्कि अपनी दोनों पुत्रियों को चंदेरी और नरवर के राजघरानों में ब्याह दिया। अजमेर बूँदी, सागर और आबू जैसे प्रसिद्ध राजघरानों के परस्पर संबंध स्थापित करवा दिए। ये सब पारिवारिक संबंधों में बँध गए।

महाराणा रायमल ने एक और योजना तैयार की। एक विशाल सम्मान समारोह आयोजित किया गया। इस समारोह में मेवाड़ की ओर से लगभग सवा सौ प्रमुख राजपूत वीरों को पगड़ी और तलवार भेंट करके सम्मानित किया गया। राजस्थान की भूमि में एकता की बयार बहने लगी। राजपूतों का एक सुदृढ संगठन खड़ा हो गया। बाहर से सब राज्य स्वतंत्र थे, अलग-अलग थे, अतः शत्रु इस संगठित शक्ति को समझने में असमर्थ रहा। अवसर मिलते ही मांडू के शासक गयासुद्दीन ने फिर मेवाड़ पर आक्रमण का विचार बनाया। इस बार वह स्वयं नहीं आया। उसने अपने सेनापति जफर खाँ को एक बड़ी सेना के साथ भेजा। महाराणा रायमल ने अपने गुप्तचर छोड़े हुए थे। जैसे ही जफर खाँ ने मेवाड़ की ओर कूच किया, गुप्तचरों ने राणा रायमल को सारी जानकारी दे दी। शत्रु सेना किस मार्ग से तथा किस गति से बढ़ रही है, यह सब जानकारी मिल रही थी। शत्रु सेना ने मेवाड़ के क्षेत्र में प्रवेश करके कुछ जगह लूटपाट की, परंतु राणा ने योजनापूर्वक उन्हें आगे बढ़ने दिया। महाराणा रायमल ने अपनी सेना मंडलगढ़ ले जाकर खड़ी

कर दी। आधी सेना घूमकर शत्रु सेना के पीछे पहुँच गई। ज्यों ही जफर खाँ की सेना मंडलगढ़ मैदान में पहुँची, मेवाड़ी सेवा ने बिना क्षण भर की देरी किए ताबड़तोड़ हमला कर दिया। पीछे से पहुँची सेना ने उन्हें पीछे नहीं हटने दिया। दोनों ओर से मुसलमान सेना घिर गई। हाहाकार मच गया। सेनापति जफर खाँ मारा गया। संख्या में कई गुना अधिक होने पर भी राणा रायमल की समझदारी से की गई व्यूह रचना के कारण मांडू के बहुत थोड़े सैनिक वापस पहुँच पाए। अधिकांश तो मार्ग में ही मारे गए। गयासुद्दीन का अहंकार एक बार फिर चूर-चूर हो गया। महाराजा रायमल ने उसे उसकी औकात समझा दी तथा अनुभव करवा दिया कि संगठन में शक्ति होती है।

□

देवी की भविष्यवाणी

महाराणा रायमल का एक अनुज था सूरजमल। रायमल के तीन पुत्र थे। बड़ा पृथ्वीराज, दूसरा जयमल और छोटा था संग्राम सिंह। प्राय: चारों अलग-अलग ही अपने साथियों के साथ घूमते थे। एक दिन चारों साथ-साथ शिकार खेलने जा रहे थे। उनकी निगाह राह के किनारे बरगद के नीचे बैठे एक ज्योतिषी पर पड़ी। चारों ने घोड़े रोक लिये। ज्योतिषी ने कहा, ''आइए, क्या आप जन्मकुंडली लाए हैं?'' सूरजमल अधेड़ थे, बोले, ''हम भी ज्योतिषी होते तो हमें मालूम होता कि मार्ग में आपके दर्शन होंगे तो घर से कुंडली लेकर ही चलते।'' पृथ्वीराज बोले, ''मस्तक या हस्तरेखा से कुछ बता सकते हो तो बताओ।'' ग्राहकों को भला कौन छोड़ता है। कुछ भी बताया तो कुछ तो दक्षिणा मिलेगी ही। अत: बोला, ''आइए-आइए, हस्तरेखा से भी बहुत कुछ अनुमान लगाया जा सकता है।'' काका सूरजमल तो अलग खड़े हो गए। पृथ्वीराज और जयमल दोनों ज्योतिषी के सामने एक साथ जा बैठे। ज्योतिषी ने दोनों की हथेलियाँ एक साथ देखीं, मानो मिलान कर रहा हो। जरा देर ध्यान से रेखाएँ देखता रहा, फिर बोला, ''दोनों ही बहादुर हैं। किसी राजकुल के लगते हैं, परंतु भाग्यरेखा आगे जाकर कट गई है। शनि भी दब गया है। शुक्र का पर्वत उभरा हुआ नहीं है। राजयोग नहीं बनता।'' संग्रामसिंह का हाथ ज्योतिषी ने स्वयं पकड़ा और देखकर कहा, ''इसमें तो राजयोग बनता है, परंतु देर से बनेगा।'' पृथ्वीराज ने कहा, ''पहले

हमें तो पूरा बताओ।'' ज्योतिषी बोला, ''राजयोग तो नहीं है, धन, मान की कोई कमी नहीं।'' संग्रामसिंह की ओर देखकर बोला, ''राजयोग तो है, परंतु पूरा जीवन कष्टों से भरा रहेगा।''

पृथ्वीराज तो था ही तुनक मिजाज। तुरंत तलवार खींच ली। जयमल भी कम न था। उसने भी तलवार निकाल ली। दोनों एक साथ संग्रामसिंह पर टूट पड़े। वह तैयार न था, फिर भी बचने के लिए पैंतरे बदले। पृथ्वीराज की तलवार का वार उसकी एक आँख को घायल कर गया। एक कंधे और एक टाँग में भी चोट आई। काका सूरजमल को बचाने से पूर्व ही बात इतनी बढ़ गई कि संग्रामसिंह घायल होकर गिर पड़ा था। सूरजमल ने उसे उठाया, सँभाला और दोनों को समझाया, ''भाग्यरेखाओं से राज्य नहीं मिलते। वीरता दिखानी है तो शत्रुओं पर दिखाओ।'' शांत होकर सब घर वापस आए तो तय हुआ कि घटना महाराज के सामने न आए। फिर भी दोनों बड़े भाइयों के मन में सत्ता पाने की लालसा बनी रही तो बार-बार किसी अन्य ज्योतिषी से पूछने, जानने का विचार उठता रहा। किसी वृद्ध ने उन्हें बताया कि भीमल गाँव में बीरी देवी नाम की महिला को देवी की सिद्धि है। वह पूजा के समय जो बताती है, वह बिल्कुल सच होता है।'' एक दिन तीनों भाई काका सूरजमल के साथ भीमल गाँव के लिए निकल पड़े।

भीमल गाँव पहुँचे तो रात हो गई थी। पूछते हुए चारों महिला के दुर्गा मंदिर में पहुँचे तो बीरी देवी से भेंट हो गई। बीरी देवी ने देखते ही कहा, ''मुझे पता लग गया कि आप चारों क्या पूछने आए हैं ? परंतु अब मैं कुछ नहीं बताऊँगी। कल प्रातः स्नान करके मंदिर में आना। पूजा के पश्चात् आपको सबकुछ बता दूँगी।''

अगले दिन प्रातः स्नान करके चारों फिर माँ दुर्गा के मंदिर में पहुँचे तो देखा कि बीरी देवी समाधि (ध्यान) में बैठी है। मूर्ति के ही सामने एक आसन भूमि पर बिछा है। एक ओर सोफानुमा राजगद्दी

बिछी है। पृथ्वीराज तो स्वयं को सिंहासन का अधिकारी ही समझता था। अत: वह पहले ही उस पर जा बैठा। जयमल फिर नीचे में कैसे बैठ सकता था। वह भी राजगद्दी पर ही दूसरे किनारे पर जा बैठा। संग्रामसिंह देवी के सामने भूमि पर बिछे आसन पर बैठ गया। काका सूरजमल भी उसी आसन पर एक किनारे बैठ गए। देवी ध्यानमग्न बैठी थी। अधिक समय हो गया तो पृथ्वीराज का धैर्य टूटने लगा। वह बोल उठा, "हे माता! हम घंटों से प्रतीक्षा में बैठे हैं। हमें कुछ तो बताइए।" जयमल भी बोला, "कुछ तो बताओ माता।" शनै:-शनै: बीरी देवी ने नेत्र खोले। उत्सुकतापूर्वक सबका ध्यान उसकी ओर गया। कुछ देर इधर-उधर दृष्टि घुमाकर बोली, "मेवाड़ के भावी राजा के लिए माँ दुर्गा की प्रतिमा के सामने यह चटाई का आसन मैंने बिछाया था। जो इस पर बैठा है, वही राजा बनेगा। जो दोनों पहले ही राजगद्दी पर जा बैठे हैं, उनके भाग्य में राजयोग नहीं है और हाँ, तुम दोनों को अकाल मृत्यु का ग्रास बनना पड़ेगा।" बीरी देवी इतना कहकर उठकर चली गई। पृथ्वीराज ने तलवार निकाल ली बोला, "मैं अपना अधिकार यूँ ही कैसे छिन जाने दूँगा। मैं जड़ ही समाप्त कर दूँगा तो भविष्यवाणी क्या कर लेगी? जयमल ने भी पृथ्वीराज का साथ दिया। संग्राम सिंह पर दोनों ने आक्रमण कर दिया। वीर तो वह भी कम नहीं था। पैंतरे बदल-बदलकर आत्मरक्षा करता रहा। सूरजमल बीच में आए तो वे भी घायल हो गए। पृथ्वीराज भी भूमि पर गिर पड़ा। जयमल ने सोचा कि दोनों ने शायद दम तोड़ दिया। संग्राम सिंह को भी समाप्त कर दूँ तो मैं ही राजा बनूँगा। संग्राम तो बचकर एक दिशा में भाग निकला था, परंतु जयमल उसके पीछे भागा। उसने सोचा इसे भी समाप्त कर दूँ तो राज्य मेरा ही होगा। उसने पीछे से तलवार का वार किया। घायल होकर भी संग्राम रुका नहीं। जयमल ने भी अपने साथ कुछ घुड़सवार लिये और उसे खोजता रहा।

महाराणा हम्मीर का बनवाया हुआ एक नारायण मंदिर जंगल के दूसरे किनारे पर था। जयमल संग्रामसिंह को खोजते हुए मंदिर में जा पहुँचा। संग्रामसिंह भी रात को वहीं पहुँचा था, पर घायल होने के कारण बेहोश पड़ा था। उसके शरीर से बहुत सा रक्त बह चुका था। प्रातः उठकर उसे बेसुध हालत में देखकर मारवाड़ के राजपूत जैतमल ने उसे उठाया। उसके घावों पर मरहम-पट्टी की। राठौर को पता नहीं था कि यह मेवाड़ का राजकुमार है। ज्यों ही संग्रामसिंह की आँख खुली तो उसने जैतमल राठौर को धन्यवाद दिया, परंतु वह तब भी स्वयं उठने में असमर्थ ही था। उसी समय जयमल मंदिर दर्शन के पश्चात निकलने लगा था। उसकी निगाह जैतमल और संग्राम सिंह पर पड़ी तो जयमल ने ऊँची आवाज में कहा, ''यह मेरा शिकार है। मुझे सौंप दो।'' जैतमल दीदा भी राजपूत था। उसने जवाब दिया, ''मैं भी राजपूत हूँ। इस समय यह मेरी शरण में है। इसकी रक्षा करना मेरा दायित्व है। मेरे रहते हुए उसको कोई छू भी नहीं सकता। शरणागत की रक्षा करना राजपूत का धर्म है। मैं अपनी जान देकर भी अपने धर्म की रक्षा करूँगा।'' जयमल युद्ध के लिए राठौर जैतमल को ललकार रहा था, तभी संग्रामसिंह को सहारा देकर घोड़े पर बैठाया। घोड़े को ऐड़ लगाई और वह तेजी से एक ओर दौड़ने लगा। जयमल और जैतमल कुछ देर लड़े, परंतु जब जयमल को पता चला कि संग्रामसिंह ही वहाँ नहीं है तो उसने युद्ध बंद कर दिया। वह मेवाड़ की ओर लौट गया। जैतमल दीदा राठौर मारवाड़ को चला गया।

संग्रामसिंह का घोड़ा दिन-रात चलता रहा। संग्रामसिंह कभी होश में आता, कभी बेसुध होता। जयमल ने सोचा कि शायद संग्रामसिंह को जंगली जानवरों ने खा लिया होगा। यदि जीवित होता तो लौटकर मेवाड़ ही आता। हो सकता है कि वह अब जीवित ही न हो। संग्रामसिंह को लिये हुए घोड़ा मेवाड़ की सीमा से बहुत दूर निकल गया। कहीं जंगल

में गड़रिया भेड़ें चरा रहा था। घायल संग्रामसिंह को वह सहारा देकर अपने घर ले गया। उसके स्वस्थ होने तक गड़रिए ने खूब सेवा की। संग्राम स्वस्थ हो गया तो भी उसने यह प्रकट नहीं किया कि वह मेवाड़ का राजकुमार है। वह एक साधारण मनुष्य की तरह जो मिलता, खा लेता। दिनभर वह भेड़ें चराता और रात को जो मिलता, खाकर सो जाता। संग्रामसिंह शांत-एकांत जीवन बिताता रहा।

जयमल अब मेवाड़ में महाराणा रायमल का एकमात्र उत्तराधिकारी था। एक दिन जयमल कहीं दूरदराज के गाँव में ठहरा था। वह गाँव के प्रमुख राव रतनसिंह के घर ठहरा। रतनसिंह ने राजकुमार को ससम्मान भोजन करवाया। जयमल की दृष्टि भोजन करते समय राव रतनसिंह की सुंदर बहन पर टिक गई। राणा जयमल की नीयत खराब देखकर राजपूतनी ने तलवार खींच ली। रतनसिंह ने रोका और कहा, ''आप चाहें तो मैं अपनी बहन का विवाह सम्मानपूर्वक कर सकता हूँ, परंतु जयमल तो राजमद में था। उसने अपमानजनक भाषा में देख लेने की धमकी दी। उसे पत्नी नहीं, रखैल बनाने के योग्य बताया। रतनसिंह को यह बात सहन नहीं हुई। उसने पुनः कहा, ''मैं राजा से शिकायत करूँगा।'' जयमल बोला, ''महाराणा बूढ़ा हो चुका है। कल मैं ही महाराणा बनूँगा और तुम्हारी बहन को जबरन रखैल बनाऊँगा।'' राव रतनसिंह के क्रोध का पारावार न रहा। उसने जयमल का सिर अपनी तलवार से काट डाला। फिर वह स्वयं ही महाराणा के दरबार में जा पहुँचा। उसने महाराणा को सारी घटना विस्तार से सुनाई और दंड भोगने के लिए तैयार हो गया।

महाराणा रायमल ने कहा, ''निर्णय कल प्रातः सोच-समझकर लिया जाएगा। महाराणा रातभर शोकाकुल रहा। एक पुत्र पहले ही आँखों से ओझल था। एक इस प्रकार मारा गया। प्रातः दरबार लगा। राव रतनसिंह ने सारी कहानी सुनाकर कहा, ''महाराज यदि मेरी जगह आप

होते तो क्या करते ? क्या बहन की अस्मत लुटने के पश्चात् कोई राजपूत चुपचाप देखता रह सकता है ?'' रतनसिंह का प्रश्न सुनकर महाराणा ने परिस्थिति पर गहराई और संवेदनशीलता से विचार किया। उसने चिंतन किया कि मैं एक पिता हूँ। पुत्र का हत्यारा मेरे सामने खड़ा है। निर्भय होकर खड़ा है, क्योंकि मैं एक राजा हूँ। न्याय करना मेरा कर्तव्य है। सारी प्रजा ही तो राजा के लिए पुत्रवत् है। उसके लिए न्याय और पुत्र-प्रेम दोनों में से एक को चुनना था। पुत्र प्रेम के कारण हत्यारे को मृत्युदंड देकर भी वह इतिहास के लिए एक उदाहरण प्रस्तुत करता और पुत्र के अनाचार का दंड देने वाले को क्षमा करके भी वह आने वाले समय के लिए उदाहरण छोड़ता। महाराणा रायमल ने राव रतनसिंह को क्षमाकर दिया और कहा, ''तुमने जो किया है, वह उचित है। अपनी बहन का विवाह यदि तुम राजवंश में करना चाहो तो बड़े पुत्र पृथ्वीराज से कर सकते हो। मैं उसे अपनी पुत्री की तरह रखूँगा।'' रतनसिंह महाराणा के चरणों में गिर पड़ा। उसने अपनी बहन का विवाह पृथ्वीराज़ से कर दिया। महाराणा रायमल का निर्णय इतिहास में न्याय का नमूना बन गया।

□

सच्चाई सामने

गड़रिए के घर रहकर भेड़ें चराते हुए संग्रामसिंह को बरसों बीत गए। उसे लगा यदि मेवाड़ से आते-जाते किसी यात्री ने देख लिया तो फिर विरासत का विवाद गहरा सकता है। अत: उसने कहीं दूर जाने का इरादा बनाया। वह वास्तव में भाइयों की कलह में दोबारा नहीं जाना चाहता था। उसने एक घोड़ा लिया और उत्तर दिशा में चल पड़ा। वह उत्तराखंड के श्रीनगर जा पहुँचा। उसे वहाँ का वातावरण बहुत पसंद आया। अत: स्थायी निवास की खोज करने लगा। उसकी भेंट ठाकुर कर्मचंद से हुई। कर्मचंद को एक विश्वस्त कर्मचारी की आवश्यकता थी। संग्रामसिंह नौकरी करने लगा। वह कर्मचंद के मकान की रखवाली भी करता और उसके व्यापार में सहायता भी करता। उसने नाम भी बदलकर जब्बर सिंह रख लिया था। उसने पहचान का आधार ही मिटा दिया था। आस-पड़ोस में उसकी पहचान एक गरीब राजपूत की बन गई थी, जो खाने-कमाने के लिए घर-परिवार छोड़कर आया हुआ था।

कर्मचंद के मकान की रखवाली तो जब्बरसिंह करता ही था, परंतु उसे महीनों तक यह ज्ञात नहीं हो सका कि कर्मचंद करता क्या है। वह कई-कई दिन तक घर न आता। जब आता तो बहुत सा धन लेकर आता। संग्रामसिंह कभी नहीं पूछता कि कर्मचंद का कर्म क्या है, इतना धन वह किस धंधे से कमा रहा है? कभी-कभी उसके और साथी भी आते। थे राजपूत ही। जब्बर ने एक दिन पूछ ही लिया, "ठाकुर

साहब! आप किस व्यापार में लगे हैं। कभी दो दिन में लौटते हैं तो कभी सात दिन तक लग जाते हैं। मैं यहाँ अकेला ही रह जाता हूँ।'' वास्तव में कर्मचंद उस पर विश्वास करता ही था। व्यवहार में कुशलता और चतुराई देखकर वह मित्र बन गया था। आखिर उसने प्रकट कर ही दिया कि वह डकैती का काम करता है। उसके चारों-पाँचों साथी भी यही काम करते हैं। संग्राम सिंह ने प्रत्यक्ष में नाराजगी नहीं दिखाई, परंतु मन-ही-मन उसे सही राह पर लाने का इरादा बना लिया। एक दिन जब्बर सिंह ने घायल होकर लौटे कर्मचंद से पूछा, ''ठाकुर हो, तुम्हारा धर्म है, निर्बल की रक्षा करना। कभी-कभी कोई गरीब भी तुम्हारे लपेटे में फँस जाता होगा। वीरों को ऐसा कार्य शोभा नहीं देता।''

कर्मचंद बोला, ''तुम ठीक कहते हो। मुझे भी कई बार इस कर्म से घृणा होने लगती है, परंतु आदत पड़ गई है। अब और धंधा करने की हिम्मत ही नहीं होती। अपने परिवार की आवश्यकताएँ तथा खर्च इतने बढ़ा लिये हैं कि अब घटाए नहीं जा सकते। व्यापार के लिए जो योग्यता चाहिए, वह शायद हममें है नहीं। किसी की चाकरी करने का तो प्रश्न ही नहीं उठता। मजबूरी में जिस डकैती के धंधे में फँस गए, उसी में धँस गए। अब चाहकर भी उसमें से निकल नहीं सकते।'' जब्बर सिंह उसके मन की पीड़ा समझ गया। उसे लगा कि व्यक्ति मन से बुरा नहीं है, परंतु उस कुकर्म से निकलने की राह उसे मिल नहीं पाई। अतः कर्मचंद को सही रास्ते पर लाना ही पड़ेगा। वह बोला, ''लूटपाट और डकैती नहीं छोड़ो, परंतु इतना करो कि इसकी दिशा में परिवर्तन कर दो।'' कर्मचंद ने कहा, ''कैसा परिवर्तन?'' जब्बर सिंह ने कहा, ''लूटपाट तो करो, परंतु विदेशी शासकों के राज्य में करो। उन्होंने हमारे देशवासियों को लूटकर धन एकत्र किया है। उसे लूटना अपराध नहीं होगा। विदेशी शासकों का खजाना लूटो। गरीब प्रजा को मत लूटो। क्या कहते हो?'' कर्मचंद बोला, ''बात तो ठीक है, परंतु बादशाह के खजाने को लूटने के

लिए बड़ी संगठित शक्ति की आवश्यकता है। मैं एक सामान्य व्यक्ति हूँ। अपना परिवार चलाता हूँ।'' जब्बर सिंह बोला, ''ठाकुर साहेब आपको कहीं सेना पर आक्रमण तो नहीं करना है। किसी खजाना ले जा रहे रक्षक दल पर हल्ला बोलना है या किसी नवाबजादे को घेरना है। सो तो आप अब भी कर ही रहे हैं।''

कर्मचंद की समझ में बात आ गई। काम तो वही करना है, जो कर रहे हैं, बस लक्ष्य बदलना है। सेठ-साहूकारों की जगह निशाना नवाबों, रईसों को बनाना है। जब्बर सिंह जानकर या गलती से एक वाक्य और कह गया, ''इस कार्य में मैं भी आपका साथ दूँगा।'' कर्मचंद चौंका। जब्बर बोलता गया, ''हम विदेशी आक्रांताओं के विरुद्ध छापमार युद्ध करेंगे। उन्हें घेरकर मारेंगे। मुझे युद्धों का अनुभव है। हम उन्हीं का धन लूटकर अपनी शक्ति बढ़ाएँगे। उनके ही हथियार लूटकर अपने साथी सैनिक तैयार करेंगे। हम गयासुद्दीन खिलजी को नाकों चने चबा देंगे।''

दोनों की सहमति बन गई। छापामार युद्ध शुरू हो गया। सुलतान गयासुद्दीन के राज्य में आए दिन हमले होने लगे। लुटेरे कहें या डाकू, परंतु उनमें देशभक्ति पनपने लगी। जनसाधारण को लूटना बंद कर दिया।

महाराणा रायमल के तीन पुत्रों के साथ एक पुत्री भी थी आनंदीबाई। सती, साध्वी, पतिव्रता थी। उसका विवाह सिरोही के राव जगपाल से हुआ था। वह क्रूर था। छोटी-छोटी व्यर्थ की बातों को लेकर वह आनंदीबाई को यातनाएँ दिया करता,था। आनंदी ने अपने पिता या भाई से कभी शिकायत नहीं की। सबकुछ सहती रही, परंतु बात उड़ते-उड़ते पृथ्वीराज के कानों तक पहुँच गई। पृथ्वीराज वीर तो था, पर सहनशील न था। निर्णय लेने में देरी नहीं करता था। अतः कुछ सैनिक साथ लेकर बहन की रक्षा का विचार लेकर वह सिरोही में जा धमका। वह सैनिकों को बाहर छोड़कर स्वयं आनंदी के महल में ही पहुँच गया। जो दृश्य

वहाँ दिखाई पड़ा, वह उसके क्रोध में घी डालने के लिए बहुत था। उसने देखा कि आनंदी बहन की एक हथेली पर चारपाई का एक पाया रखा था। वह कराह रही थी। उसका पति जगपाल उसी पलंग पर सो रहा था। पृथ्वीराज के क्रोध का पारावार न रहा। उसने ठोकर मारकर जगपाल सिंह को जगाया। ललकारकर तलवार खींच ली। बहन ने पति के प्राण न लेने का आग्रह किया। पृथ्वीराज बोला, "देख ले, यह है मेरी बहन, जो इतने अत्याचार सहकर भी तुझे बचा रही है और एक तू है जो क्रूरता की सीमा पार कर रहा है। जा मैं तेरे प्राण नहीं लेता परंतु भविष्य में कभी फिर अत्याचार की शिकायत मिली तो तेरे प्राणों की रक्षा कोई नहीं कर पाएगा।" जगपाल ने क्षमा माँगी और कहा, "अब मैं ऐसा शिकायत का अवसर कभी नहीं दूँगा। जगपाल ने शांतिपूर्वक शपथ भी ली। सवेरा होते ही पृथ्वीराज अपने कुंभलनेर को वापस आने लगा तो जगपाल ने थकान दूर करने की दवाई बताकर तीन गोलियाँ दीं। पृथ्वीराज ने मार्ग में एक-एक करके तीनों गोलियाँ खा लीं। गोलियों में विष था। पृथ्वीराज मार्ग में ही चल बसा। उसका निष्प्राण शरीर ही कुंभलनेर गया।

इसके बाद राणा रायमल का दुःखी होना स्वाभाविक था। राजपाट से उनका मन विचलित होना ही था। जयमल की अकाल मृत्यु हो चुकी थी। अब पृथ्वीराज भी नहीं रहे। संग्रामसिंह का कहीं पता न था। अधिकतर लोग यही मान रहे थे कि संग्रामसिंह को कोई जंगली जीव खा गया होगा। महाराणा रायमल ही नहीं, उनके सामंत भी भविष्य के महाराणा के लिए चिंतित थे। महाराणा रायमल का स्वास्थ्य अब साथ नहीं दे रहा था। राणा जयमल और पृथ्वीराज दोनों अकाल मृत्यु का ग्रास बन चुके थे। संग्रामसिंह का कहीं अता-पता नहीं था।

कर्मचंद और जब्बर सिंह मुसिलम शासकों को लूटने का काम शुरू कर चुके थे। उनके कुछ और साथी भी बन गए थे। एक दिन

किसी लंबी यात्रा से लौट रहे इन लोगों ने एक बाग में दोपहर को विश्राम करने का विचार किया। राव ने अपने घोड़े बाँधे और छाया में आराम करने लगे। जिसे जहाँ छाया मिली, लेट गया। जब्बर सिंह भी एक पेड़ के नीचे लेटा और गहरी नींद में सो गया। जब एक साथी उठा तो यह देखकर हैरान हो गया कि जब्बर सिंह के सिर पर पत्तों से छनकर धूप आ रही है और एक नाग वहीं फन फैलाए बैठा है। उसने कर्मचंद को बुलाकर दिखाया। वह भी देखकर चकित हो गया। उन दिनों यह लोक विश्वास था कि जिस पर नाग अपना फन फैलाकर छाया करे और डँसे नहीं, वह कोई बड़ा सम्राट या महात्मा होता है। कर्मचंद को यह संदेह तो होता ही कि यह व्यक्ति कुछ विशेष प्रतिभाशाली है, जिसके व्यवहार में इतनी शालीनता और बातों में इतना प्रभाव है। इस दृश्य को देखकर तो वह बहुत ही उत्सुक हो गया कि उसके विषय में जाने। वह अपनी पुत्री का विवाह जब्बर सिंह से कर चुका था। केवल इतना जानकर कि जब्बर सिंह एक वीर राजपूत है। उसके साथ विवाह करके बेटी को कहीं दूर नहीं जाना पड़ेगा। वह उसी के घर रहता है। उसी के साथ कार्य करता है, परंतु अब कर्मचंद की जिज्ञासा बढ़ी। उस दिन कर्मचंद पूछ ही बैठा, ''बेटा! अब तुम मेरे दामाद हो। मेरे परिवार के सदस्य हो। सच-सच बताओ तुम कौन हो?'' जब्बर सिंह ने कहा, ''क्या इतना पर्याप्त नहीं कि मैं एक राजपूत हूँ। रोजगार की तलाश में आया था। आपने मुझे आश्रय दिया और अब मैं हर प्रकार से आपके साथ हूँ।'' जब्बर सिंह ने कुछ नहीं बताया, परंतु सच्चाई कभी-न-कभी प्रकट हो ही जाती है। कर्मचंद ने पता लगा ही लिया और उसे विश्वास भी हो गया कि जब्बर सिंह ही संग्रामसिंह है, जो मेवाड़ का भावी महाराणा है। उसने बीरी देवी की भविष्यवाणी तथा घायल अवस्था में हरिमंदिर में हुई घटना का भी पता लगा लिया। गडरिए के यहाँ रहने की जानकारी भी प्राप्त कर ली।

उसने धीरे-धीरे मेवाड़ के सैनिकों से मिलकर उन्हें इस तथ्य से

अवगत कराया। एक दिन सभी को एकत्रित किया। किसी विशेष पर्व मनाने के लिए एकत्रित होना तय किया था। कर्मचंद ने सबके सामने इस रहस्य का उद्घाटन किया कि यही संग्रामसिंह है, जो महाराणा रायमल का छोटा पुत्र है। उसने पूरी कथा सुनाकर सबको चकित कर दिया। इसके बाद सैनिक पद्धति से संग्रामसिंह का अभिवादन किया। सभी सैनिकों ने मिलकर उद्घोष किया, ''युवराज संग्रामसिंह की जय।''

एक दिन कर्मचंद द्वारा उद्घाटित इस रहस्य की जानकारी महाराणा रायमल तक भी पहुँच ही गई। वे अपने सामंतों और सैनिकों के साथ स्वयं उस गाँव में जा पहुँचे। गाँव के लोग भारी सेना के आने से त्रस्त थे, परंतु कर्मचंद शांत था। उसने ही महाराणा तक जानकारी पहुँचाई थी और महाराणा संग्रामसिंह को लेने स्वयं आ रहे हैं, यह भी उसे ही पता था। पिता–पुत्र का मिलन हुआ। ज्योतिषी और देवी की बात सच हुई। सन 1508 में राणा रायमल का स्वर्गवास हुआ और महाराणा संग्रामसिंह ने राज्य की बागडोर सँभाली।

□

आन पर बलिदान

महाराणा संग्रामसिंह राणा सांगा के नाम से विख्यात हुए। वीर तो थे ही, परंतु सिंहासन के मोह से ग्रसित नहीं थे। दोनों भाइयों के लिए सत्ता त्यागकर दूर चले गए थे। ईश्वर की कृपा से तथा प्रारब्ध से उन्हें ही सत्ता सँभालनी पड़ी। एक आँख तो भाइयों के संघर्ष में ही चली गई थी। सिंहासन सँभालते ही महाराणा सांगा ने लगातार आक्रमण तथा संधियाँ कीं। आमेर, अजमेर, आबू, बूँदी, चंदेरी, रामपुरा, सब महाराणा सांगा के राज्य में सम्मिलित हो गए। दिल्ली, मालवा तथा गुजरात में मुसलिम राज्य थे, जो समय-समय पर आक्रमण करते रहते थे। मेवाड़ भी अब अकेला नहीं था। ये सभी पड़ोसी शासक मेवाड़ के साथ मिल गए थे। दिल्ली के सुलतान इब्राहीम लोदी की मेवाड़ पर कुदृष्टि बनी हुई थी। वह मेवाड़ को शक्तिशाली होते नहीं देखना चाहता था। कब, कैसे और कहाँ वह राणा सांगा को परास्त कर सकेगा, वह दिन-रात इसी उधेड़बुन में लगा था।

समय ठीक समझकर इब्राहीम लोदी ने दो लाख सेना लेकर मेवाड़ की ओर कूच कर दिया। महाराणा सांगा पहले ही सावधान थे। इसलामी आक्रमण की संभावना महाराणा के विचार में पहले ही थी। महाराणा आक्रमणकारी को मेवाड़ तक नहीं आने देना चाहते थे। अत: हाड़ौती के पास खतौली गाँव के मैदान में महाराणा सांगा ने लोदी की फौज को रोक लिया। इसलामी सेना को इसकी आशा नहीं थी। अचानक आक्रमण से

वह सँभल न सकी। इसलामी सैनिक जान बचाकर भागे। लोदी ने उन्हें रोकने की भरपूर कोशिश की, परंतु सेना तो तितर-बितर हो चुकी थी। अतः जान बचाकर इब्राहीम को भी भागना पड़ा। वह वापस दिल्ली जाकर ही ठहरा। लोदी का शहजादा भी सेना में था। भागकर वह चला तो, परंतु उसके मन में ग्लानि सी हुई कि वह कायरों की तरह डरकर भाग रहा है। अतः वह अपनी सैन्य टुकड़ी के साथ वापस लौटा। महाराणा सांगा से ही उसका सामना हो गया। महाराणा सांगा के भाले से उसका भाल घायल हो गया। फिर सेना तो भागनी ही थी। महाराणा ने शहजादे को बंदी बना लिया और दिल्ली सूचना भिजवा दी। "तुम्हारा शहजादा मेवाड़ में बंदी है। दम है तो छुड़ा ले जाओ।"

शहजादे के बंदी होने का समाचार पाकर इब्राहीम लोदी परेशान हो गया। उसने पत्र भेजकर शहजादे को रिहा करने का आग्रह किया। फिर कभी मेवाड़ पर आक्रमण न करने की कसम भी खाई। महाराणा ने उसकी मजबूरी का लाभ उठाया और युद्ध में हुए खर्च का हरजाना लेकर शहजादे को वापस दिल्ली भेज दिया।

कभी-कभी लोग जान बूझ-कर मुसीबत मोल लेते हैं। ईडर मालवा के अधीन था। वहाँ का नवाब था, मुजरिल जुल मुल्ला। उसके दरबार में एक कवि ने राणा सांगा की वीरता के संबंध में दो कविताएँ सुनाईं। मुजरिल को यह कविता सुनकर अच्छा न लगा। वह भीतर-ही-भीतर जल-भुन गया। अपनी द्वेष भावना को व्यक्त करने के लिए उसने अपने दरबार के दरवाजे पर एक मोटा सा बकरा बाँध दिया और उसका नाम रख दिया 'सांगा'। आने- वाले लोगों को वह बताता, "देखो यह सांगा हमने बाँधकर रखा है। इसकी सारी ऐंठ हमने निकाल दी है।" बात जब चल पड़ती है तो दूर तक जाती है। चर्चा महाराणा के कानों तक भी जा पहुँची। ईडर का नवाब मालवा के बादशाह मुजफ्फर खान के ही आधीन था। महाराणा सांगा ने इस अपमान का बदला लेने का

इरादा किया। चालीस हजार घुड़सवारों की सेना लेकर वह ईडर की ओर रवाना हुए। नवाब मुजरिल मालवा की ओर भागा। मालवा का शाह मुजफ्फर खान तो महाराणा सांगा से पहले ही मुँह की खा चुका था। उसने सहायता से साफ मना कर दिया। मुजरिल अहमद नगर के किले में जा छिपा। किला वास्तव में बहुत मजबूत था। उसका मुख्य द्वार भी विशेष ही था। लोहे के मजबूत फाटक पर बाहर को रुख करती मोटी नुकीली कीलें जड़ी हुई थीं। उसे तोड़ना टेढ़ी खीर थी। मुजरिल का पीछा करते हुए महाराणा की सेना ने अहमदनगर के किले को घेर लिया। अब समस्या थी कि किले का फाटक कैसे टूटे?

महाराणा ने अपने सरदारों के सामने फाटक खुलवाने की समस्या के समाधान के लिए पान का बीड़ा मेज पर रख दिया। जो इस कार्य को करने की हिम्मत करे, वह बीड़ा उठा ले। सब ओर सन्नाटा छा गया। सबको पता था, फाटक खुलवाना बहुत कठिन है। बहुत देर तक सब ओर शांति छाई रही। फिर एक बीस वर्षीय नवयुवक खड़ा हुआ। उसने पान का बीड़ा उठाया और प्रतिज्ञा की, कल किले का द्वार मैं खुलवाकर छोड़ूँगा। प्राण रहते मैं अपनी आन से पीछे न हटूँगा। मैं मेवाड़ की कसम खाकर कहता हूँ कि कल सूर्यास्त से पहले मेवाड़ की सेना को किले में प्रवेश कराकर ही रहूँगा।'' वह नवयुवक था, कान्हा सिंह। उसकी इस प्रतिज्ञा पर कानाफूसी होने लगी।

अगले दिन प्रात: ही कान्हा सिंह ने फाटक तोड़ने के लिए अपनी सेना की टुकड़ी को आगे बढ़ाया, बहुत प्रयास किए, परंतु फाटक हिला तक नहीं। कान्हा सिंह ने हाथियों को टक्कर मारने के लिए तैयार किया। हाथी दौड़कर आया, परंतु सामने कीलें देखकर रुक गया। बार-बार प्रयास करके भी हाथी फाटक तोड़ने में सफल नहीं हुआ। कान्हा सिंह ने तब एक अभूतपूर्व निर्णय लिया। कीलों के आगे मुँह करके कान्हा सिंह खड़े हो गए। पीलवान को आदेश दिया कि हाथी की टक्कर उनकी पीठ

पर मारो। पीलवान ने हाथी को दौड़ाया। टक्कर मारने से पहले कीलें नहीं दिखाई दीं। कान्हा सिंह की पीठ पर हाथी की टक्कर से फाटक की कीलें कान्हा सिंह के शरीर में धँस गईं। एक भारी गड़गड़ाहट के साथ फाटक गिर गया। मेवाड़ की सेनाएँ बिना देरी किए किले में घुस गईं। जो यह सोचकर निश्चिंत बैठे थे कि फाटक मजबूत है और किला सुरक्षित, वे सब रक्षक मार दिए गए। नवाब मुजरिल जुलमुल्ला भी मार दिया गया। अहमदनगर के किले पर भगवा झंडा लहरा दिया गया। चारों ओर भारत माता की जय! महाराणा सांगा की जय के नारे गूँजने लगे। आन बचाने के लिए कान्हा सिंह बलिदान हो गए थे।

□

जरा सी भूल, बड़ा परिणाम

महाराणा सांगा ने राजस्थान से गुजरात तक के सभी हिंदू राजाओं को तो अपनी नीति और पराक्रम से एक झंडे के नीचे एकत्र कर ही लिया था, तत्कालीन जो मुसलिम शासक थे, उनको भी पराजय का स्वाद चखा दिया था। दिल्ली, मालवा के दोनों इसलामी बादशाहों को हराकर उनसे भी कर वसूला था। बाबर को भी पराजित किया था।

बाबर विदेशी आक्रमणकारी था। समरकंद का वह मुगल था। इसलाम प्रचार की उन्मादी धुन उसके सिर पर सवार थी। वह क्रूर और अत्याचारी था। वह अनेक दुर्गुणों का भी शिकार था। शत्रु को युद्ध के अतिरिक्त कष्ट देने के लिए वह हर तरह की हरकत करना सही मानता था। दिल्ली के सुल्तान इब्राहीम लोदी को पराजित करके बाबर ने दिल्ली पर कब्जा कर लिया था। इससे पूर्व, मालवा, बयाना और दिल्ली के मुसिलम बादशाहों को परास्त करके महाराणा सांगा कर वसूल रहे थे। इब्राहीम लोदी तो युद्ध का हर्जाना भी राणा सांगा को दे चुका था और फिर कभी मेवाड़ पर निगाह नहीं रखेंगे, इस प्रकार का वायदा भी निभा रहा था। बयाना का शासक निजाम खां भी महाराणा सांगा को कर देता था। दिल्ली में बाबर का कब्जा हो जाने पर निजाम खाँ ने चालाकी से कर देना बंद कर दिया। उसने महाराणा सांगा को संदेश भेज दिया। यदि आप अधिक दबाएँगे तो मैं दिल्ली में बाबर से जा मिलूँगा। इधर बाबर को संदेश भेजा कि मैं महाराणा का करदाता हूँ। यदि आप मुझ

पर आक्रमण करेंगे तो मैं महाराणा सांगा से जा मिलूँगा। निजाम खाँ ने इस तरह दिल्ली और मेवाड़ दोनों से सुरक्षा का उपाय कर लिया, परंतु बाबर ने इसलाम के नाम पर बयाना पर अपना अधिकार जमा लिया। महाराणा सांगा के बाबर और निकट जा पहुँचा, परंतु बयाना के सुलतान निजाम खाँ का पुत्र हसन खाँ अपने कुछ साथियों के साथ महाराणा सांगा की शरण में पहुँच गया था। महाराणा सांगा ने बयाना पर 21 फरवरी, 1527 में आक्रमण कर दिया। हसन खाँ राणा के साथ था। महाराणा की सेना फिर बयाना पर हावी हो गई। बयाना पर राणा सांगा का कब्जा हो गया। बाबर पराजित होकर फतेहपुर सीकरी की ओर भाग गया। उसकी सेना तितर-बितर हो गई। उसने महाराणा के पास संधि के लिए संदेश भेजा। यदि महाराणा तुरंत पीछा करके बाबर पर पुनः आक्रमण कर देते तो बाबर तभी संसार छोड़ जाता। महाराणा सांगा की यह उदारता एक भूल साबित हुई। बाबर न केवल बच निकला, बल्कि पूरे भारत के लिए इसलाम का वाहक बना।

एक महीने के पश्चात महाराणा फिर आगे बढ़े, 16 मार्च, 1527 को खानवा के मैदान में फिर बाबर से दो-दो हाथ हुए। बाबर का मनोबल गिरा हुआ था। बाबर की सेना तो स्वयं को हारा हुआ ही मान रही थी। समरकंद से वहाँ के ज्योतिषी की भविष्यवाणी आई थी कि बाबर को पराजय मिलेगी, वह शत्रु-सेना के द्वारा पकड़ा भी जा सकता है, क्योंकि उस समय मंगल ग्रह प्रबल था, जो बाबर के अनुकूल नहीं था। युद्ध जोरों पर था। दोनों ओर की सेना मारो, मारो, मारो-काटो चिल्ला रही थी। 'अल्लाहू अकबर' तथा 'हर-हर महादेव' के उद्घोष सुनाई पड़ रहे थे। महाराणा अपनी विजय गाथा दोहराने को तत्पर थे। उनकी एक आँख तो युवावस्था में ही चली गई थी। अनेक युद्ध लड़े, जिनमें एक हाथ और एक टाँग भी जाती रही। फिर भी महाराणा सांगा एक साहसी श्रेष्ठ वीर की भाँति युद्ध से कदम पीछे हटाने की कभी

नहीं सोचते थे। उन्होंने लगभग बीसियों युद्ध लड़े और विजय प्राप्त की। खानवा का युद्ध शायद महाराणा का अंतिम युद्ध था।

कभी-कभी एक छोटी सी गलती इतिहास रच देती है, परिणाम बदल देती है, जिसको हजारों वर्ष तक पीढ़ियों को भुगतना पड़ता है। उन दिनों सेनापति प्रायः स्वयं राजा ही होता था। उसकी उपस्थिति सैनिकों में साहस एवं उत्साह भरती रहती थी। सेनापति के अवसान होते ही सेना का मनोबल क्षीण हो जाता था।

बाबर की सेना हार के कगार पर ही थी। समरकंद के ज्योतिषी का संदेश उनके हौसले पहले ही पस्त कर चुका था। बाबर ने अपनी सेना को मजहबी संदेश दिया। हारकर अनादरपूर्वक जीने से तो युद्ध में मर जाना बेहतर है। मर गए तो शहीद कहलाओगे और हारकर जीवित रह गए तो सिर उठाकर जीना भी कठिन हो जाएगा। आँख मिलाकर बात नहीं कर पाओगे। इसलिए प्राण रहने तक पीछे मत हटना। प्राण चले जाएँ तो कोई बात नहीं।

महाराणा वीरतापूर्वक हाथी पर सवार थे। अपने युद्ध-कौशल का प्रदर्शन करते शत्रुओं पर प्रहार करते हुए महाराणा सांगा बाबर के अति निकट पहुँचने वाले थे। लगता था कुछ ही पलों में वे बाबर को पकड़कर बंदी बना लेंगे। तभी अचानक कहीं से एक तीक्ष्ण बाण आकर महाराणा सांगा के वक्ष पर लगा। महाराणा सांगा हौदे में ही लुढ़क गए। अचानक प्रहार वक्ष पर लगने से राणा बेहोश हो गए। कुछ हितैषी सरदारों ने उन्हें हाथी से हटा लिया और युद्ध से बाहर ले गए। महाराणा के युद्ध में दिखाई न पड़ने से ही क्षण भर में पासा पलट गया। मेवाड़ी सेना ने समझा; शायद महाराणा सांगा अब जीवित नहीं रहे। उन्हें भरोसा था कि जीते जीवे युद्ध भूमि से जा नहीं सकते। पहले तो युद्ध राजाओं के भरोसे पर ही लड़े जाते थे। मेवाड़ी सेना का मनोबल टूट गया। उनके नेत्र राणा सांगा को खोजने लगे। साथी सरदार महाराणा को युद्धभूमि से

दूर ले गए थे। वहाँ जाकर महाराणा की चेतना लौटी। होश में आते ही महाराणा ने तुरंत युद्ध भूमि की ओर प्रस्थान किया, परंतु तब तक पासा पलट चुका था। मेवाड़ी सेना तितर-बितर हो चुकी थी। बाबर ने जीत का झंडा फहरा दिया था।

महाराणा सांगा क्षण भर में हुई साधारण सी भूल के कारण हार के शिकार हो चुके थे। मेवाड़ का ही नहीं, भारत का इतिहास बदल चुका था। इसलामी उन्माद के पाँव भारत भू पर जम चुके थे। 'अब पछताए होत क्या जब चिड़िया चुग गई खेत' महाराणा मन-मस्तिष्क में इस हार को पचा नहीं पाए। उनके मन पर भारी ठेस लगी और वे पुनः स्वस्थ हो ही नहीं पाए। वैसे भी उनके शरीर में अस्सी घाव लग चुके थे। मन पर लगा यह आघात उन्हें संसार से ही उठा ले गया। महाराणा रूपी दीवार ढहते ही बाबर की इसलामी आँधी भारत को धूलि-धूसरित करने में सफल हो गई।

□

आपसी कलह, दोनों ओर विनाश

वीर का पुत्र वीर हो या विद्वान का पुत्र विद्वान हो, यह आवश्यक नहीं। यदि कहीं पिता के सब गुण पुत्र में दिखाई पड़ें तो यह संयोग तथा सौभाग्य ही माना जाएगा। महाराणा संग्रामसिंह में वीरता भी थी और उदारता भी। समझदारी और व्यवहार कुशलता सभी कुछ था, परंतु उनके पुत्र राणा रतनसिंह में ये गुण नहीं थे। वीरता तो थी, परंतु स्वभाव में उदारता नहीं थी। राणा रतनसिंह क्रोधी और ईर्ष्यालु थे, यहाँ तक कि उन्हें अपने मामा बूँदी नरेश हाड़ा वंशी राव सूरजमल से भी ईर्ष्या हो गई थी। एक प्रसिद्ध कवि से राव सूरजमल की वीरता की भारी प्रशंसा सुनकर राणा रतनसिंह के मन में ईर्ष्या की अग्नि ऐसी भड़की कि कवि को ही अपमानित करके दरबार से निकल जाने का आदेश दे दिया। कवि ने राव सूरजमल की वीरता की उस घटना का उल्लेख अपनी कविता में किया था, जिसमें वह स्वयं साक्षी था।

संक्षेप में घटना इस प्रकार थी। राव सूरजमल और कवि मित्र दोनों आखेट के लिए वन में गए थे। रात होने पर जंगल में ही किसी टूटी सी झोंपड़ी में ठहर गए। सूरजमल तो अपने शस्त्र एक ओर रखकर सो गए, परंतु कवि को भय सताता रहा। नींद नहीं आई। आधी रात के बाद दो भालू आए और दरवाजे की टटिया को हटाने की कोशिश करने लगे। भयभीत कवि तो न चिल्ला सका और न हाथ-पाँव हिला सका, जबकि सोए हुए राजकुमार की अचानक आँख खुली तो भालू दरवाजा हटा

चुके थे। सूरजमल की तलवार और बर्छी भी अलग रखी थी। सिरहाने केवल छोटी कृपाण रखी थी। पलभर में कृपाण हाथ में लिये राजकुमार उछलकर भालू के ऊपर चढ़ बैठे और उसके सिर में कृपाण का भरपूर वार किया। भालू वहीं गिर गया। तभी कूदकर राजकुमार सूरजमल ने दूसरे भालू के पेट में कृपाण घुसा दी। भालू निष्प्राण होकर गिर पड़ा। क्षणभर में दोनों भालुओं को ढेर कर दिया। कवि की प्रशंसा का कारण यही था कि यदि राव सूरजमल ने फुरती और साहस से दोनों भालुओं को नहीं मारा होता तो कविता सुनाने के लिए वह जीवित ही न होता। कवि कविता के माध्यम से राव सूरजमल की प्रशंसा के साथ-साथ अपने प्राण बचाने के लिए धन्यवाद दे रहा था। राणा रतन सिंह को सूरजमल की वीरता की अत्यधिक प्रशंसा फूटी आँख न सुहाई। कवि समझदार था, विवेकी था। वह बिना पल भर भी देरी किए राणा की आँखों से ओझल हो गया। इधर राणा रतनसिंह की जलन सीमा से पार चली गई। वे सूरजमल को अपमानित करने या मौत के घाट उतारने की योजना बनाने लगे।

महाराणा सांगा के बड़े पुत्र होने के नाते ही राणा रतनसिंह महाराणा बने थे। 29 अक्तूबर, 1527 को उन्होंने मेवाड़ की सत्ता सँभाली थी। महाराणा सांगा ने मैत्री बढ़ाने के लिए सूरजमल की बहन कर्मवती से विवाह किया था। कर्मवती के दो पुत्र थे, विक्रमादित्य और उदय सिंह। उदय सिंह तो अभी शिशु ही था। महारानी कर्मवती ने दूर तक की सोचकर अपने दोनों पुत्रों के लिए अलग व्यवस्था करवा ली थी। महाराणा सांगा ने उनके लिए रणथम्भौर का किला दे दिया था। रानी कर्मवती अपने पुत्रों सहित वहीं रहने लगी थी। उनके पालन एवं शिक्षण का दायित्व भी पहले ही उनके मामा राव सूरजमल को दे दिया था।

महाराणा बनने पर रतनसिंह को यह बँटवारा मन-ही-मन खटक रहा था। उन्होंने रानी कर्मवती को संदेश भेजा, ''आदरणीया माताजी!

मैं भी आपका पुत्र हूँ। आप राजमाता हैं। आप यहीं आ जाइए और सम्मानपूर्वक परिवार का पालन कीजिए।'' माता कर्मवती ने स्नेहपूर्वक आने से इनकार कर दिया था। वह अपने पुत्रों की सुरक्षा रणथम्भौर में रहकर अधिक अच्छी तरह कर सकती थी। रतन सिंह को महाराणा बने चार साल बीत गए थे, परंतु उनके मन की जलन शांत नहीं हुई थी, बल्कि बढ़ती जा रही थी। वे सूरजमल को नीचा दिखाने या मरवाने के षड्यंत्र सोचते रहते थे। वे कुछ चाटुकार सरदार भी ऐसे मिल गए थे, जो उनको हर समय उकसाते रहते थे। यदि थोड़ी-बहुत देर को वे मन की ईर्ष्या को भूल भी जाते तो चाटुकार कुछ किस्से-कहानी सुनाकर पुनः उसे भड़का देते थे। किसी चाटुकार की सलाह से रतन सिंह ने एक आखेट की योजना बनाई। उन दिनों आखेट के लिए अन्य राजाओं को आमंत्रित करने की प्रथा थी, मानो किसी दावत का निमंत्रण हो। ऐसे निमंत्रण को सम्मानसूचक माना जाता था। रतनसिंह का निमंत्रण राव सूरजमल को प्राप्त हुआ तो उनके मन में शंका उत्पन्न हुई। वास्तव में पहले वे कर्मवती माता से महमूद खिलजीवाला सोने का मुकुट माँग चुके थे, जिसे महाराणा की विजय की निशानी बताकर कर्मवती ने देने से इनकार कर दिया था। राव सूरजमल ने भी उस मुकुट को महाराणा की प्रतिष्ठा का चिह्न बताकर उसे राजमाता के पास ही रहने देने का समर्थन किया था। कुछ दिन बाद ही रतनसिंह ने अपने पिता द्वारा दिए गए मेघनाद नामक हाथी और तेज गति वाले घोड़े को वापस माँगा था। तब राव सूरजमल ने उत्तर दिया था कि मैं कोई चरवाहा नहीं हूँ, जो हाथी और घोड़ा मेरे पास चरने को भेजे थे। वीरता पर प्रसन्न होकर महाराणा सांगा ने पुरस्कार स्वरूप दिए थे। पुरस्कार में मिली वस्तु को लौटाना देनेवाले का अपमान है। मैं महाराणा संग्राम सिंह का सम्मान अपने प्राणों से बढ़कर करता हूँ, अतः मेघनाद हाथी तथा लश्करी घोड़े को मैं वापस नहीं कर सकता।

शिकार के निमंत्रण को पाकर राव सूरजमल इन सब बातों को सोचकर शंकित थे। यद्यपि रतनसिंह ने संदेश में मामाजी संबोधन करते हुए क्षमा याचना भी की थी। होली के आसपास आखेट के लिए टोलियों में जाने की प्रथा थी। राव रतन सिंह आखेट के लिए निकल पड़े, परंतु उसी मार्ग पर चले, जिससे बूँदी नरेश के आने का कार्यक्रम था। राव सूरजमल भी सब तरह का विचार करके चित्तौड़ की ओर रवाना हो चुके थे। मार्ग में ही भेंट हो गई। भानजे ने मामा से क्षमा माँगी। मामा तो क्षमा न करने की सोचते तो आते ही क्यों? वे तो सोचकर ही आए थे कि अब पुरानी बातें भूलकर पुनः मेल हो जाएगा। मन तो भानजे का कलुषित था। दिखावे के लिए क्षमा तो माँग ली, परंतु षड्यंत्र तो तैयार किया जा चुका था। आखेट की अग्रिम टोली में एक हाथी को शराब पिलाकर मदोन्मत्त कर दिया गया था। जब राव सूरजमल का घोड़ा आगे बढ़ा तो रतनसिंह ने महावत को संकेत दे दिया। महावत ने हाथी को दौड़ाया और सूरजमल पर जोरदार आक्रमण किया। सूरजमल साहब का घोड़ा फुरती से कूदकर एक ओर हट गया। सूरजमल घोड़े सहित हाथी के प्रहार से बच गए, परंतु रतनसिंह तो क्रोध में हाथी से भी अधिक पागल हो रहे थे। उन्होंने महावत को डाँटा, "महावत बन गए, हाथी को काबू में नहीं रख सकते।" परंतु वास्तव में वे हाथी की असफलता से अप्रसन्न थे। महावत सूरजमल को मारने में असफल रहा, वह इस बात से गुस्से में था। शिकार खेलने चली यह टोली बाजणा नामक गाँव जा पहुँची। शिकार के पशु को घेरने के लिए सबके स्थान नियत कर दिए गए। जहाँ सूरजमल को खड़ा किया गया, वहीं पर पूरनमल व्यक्ति पहले से तैनात था। पूरनमल भी सूरजमल पर वार करने के लिए खड़ा किया गया था, परंतु वह ऐसा साहस नहीं जुटा पाया। राणा रतनसिंह बौखला गए। अपनी योजना असफल होती देखकर वे बुरी तरह खीझ गए और स्वयं ही सूरजमल पर तलवार का वार कर दिया। अवसर

देखकर पूरनमल ने भी तीर चला दिया। छाती में तीर लगने पर भी उछल कर सूरजमल ने पूरनमल के सीने में तलवार घुसा दी। रतनसिंह ने पुनः प्रहार किया तो राव सूरजमल भूमि पर गिर पड़े। सूरजमल भी पक्के खिलाड़ी थे। भूमि पर पड़े-पड़े ही उन्होंने अपनी कटार फेंककर मारी। क्या अनुपम प्रहार था, कैसा अचूक निशाना? राव सूरजमल की कटार राणा रतनसिंह के गले को भेदकर आर-पार हो गई। सूरजमल तो धरती पर पड़े ही थे, राणा रतनसिंह भी वहीं ढेर हो गए। शिकारी थे सभी, परंतु सबका लक्ष्य अलग-अलग था। पशुओं का शिकार करने गए मनुष्य स्वयं शिकार बन गए थे। एक-दूसरे को शिकार बना लिया। मूर्खतावश एक साथ दो राजवंशों के चिराग बुझ गए। उनके सामने न देश था न प्रजा, केवल अपना अहंकार था।

□

चित्तौड़ में फिर जौहर

राणा रतनसिंह अपनी ही गलती से अकाल मृत्यु का ग्रास बन गए। मेवाड़ का सिंहासन खाली हो गया। महाराणा सांगा की तीन पत्नियाँ थीं। बड़ी के पुत्र थे, राणा रतनसिंह। उनका स्वर्गवास हो चुका था। हाड़ावंशी राव सूरजमल की बहन कर्मवती अब राजमाता थी। रानी कर्मवती के दो पुत्र थे विक्रमादित्य और उदय सिंह। विक्रमादित्य ग्यारह वर्ष का था और उदय सिंह मात्र पाँच वर्ष का था। तीसरी रानी थी जवाहर बाई, जिसकी संतान का कोई जिक्र नहीं मिलता।

राजमाता कर्मवती का बड़ा पुत्र विक्रमादित्य था। सरदारों ने उसका राज्याभिषेक करने का निर्णय लिया। राजमाता को दोनों पुत्रों सहित चित्तौड़ बुलवाया गया। वे बरसों से रणथम्भौर के किले में रह रहे थे। सन् 1531 में नाबालिग विक्रमादित्य चित्तौड़ में गद्दी पर बैठा। वह शरीर से तो तगड़ा था, परंतु बुद्धि से अपरिपक्व ही था। अपने से बड़े सम्माननीय सरदारों की गंभीर बातों को हँसी में उड़ा देता था। अपमान करके भी अपनी भूल स्वीकार नहीं करता था। राजपूत तो धन के नहीं, सम्मान के अभिलाषी होते हैं। बार-बार अपमानजनक घटनाएँ दोहराई जाने लगीं तो धीरे-धीरे सरदार दरबार से विमुख होने लगे। रानी कर्मवती ने विक्रमादित्य को समझाने का बहुत प्रयास किया, परंतु वह कभी गंभीर नहीं हुआ। उसे अनुभवी राजपूत सरदारों से अधिक भरोसा अपने किशोर पहलवानों पर था। वह कुश्ती और युद्ध का अंतर

ही नहीं समझ पा रहा था। कई विश्वस्त सरदार भी विक्रम के व्यवहार से दु:खी होकर निष्क्रिय हो गए थे। अन्य कई ऐसे भी थे, जो गुजरात के शासक बहादुरशाह से जा मिले थे। जब बहादुरशाह को विश्वास हो गया कि विक्रम के विषय में सुनी जानेवाली बातें सच हैं तो वह मेवाड़ को जीतने के सपने देखने लगा। बूँदी में भी राव सूरजमल के देहांत के पश्चात उनका ही एक नाबालिग भाई सुलतान सिंह राजगद्दी पर बैठाया गया। बहादुर शाह को लगा कि अब तो मेवाड़ का सहायक भी कोई नहीं है। ऐसे में मैं मेवाड़ पर अधिकार कर सकता हूँ। महाराणा सांगा से हार की भड़ास निकालने का उसने निश्चय कर लिया। पहले तो बहादुशाह ने इसलामी शासित राज्य मांडू को जीतकर अपने राज्य में मिला लिया। उसके दिल-दिमाग में अपने बाबा मुजफ्फरखान को महाराणा सांगा द्वारा बंदी बनाया जाना और घिर कर वसूल करके छोड़ देने की घटना छाई रहती थी। वह भी मेवाड़ पर जीत का जश्न मनाना चाहता था।

विक्रमादित्य के दुर्व्यवहार के कारण उसके दरबार में अब गिनती के ही लोग रह गए थे। वे भी वीर नहीं, बल्कि चाटुकार थे। विक्रम की हाँ-में- हाँ मिलाने में ही वे अपना कल्याण समझते थे। दो वर्ष भी पूरे नहीं हुए थे कि बहादुरशाह भारी सेना लेकर मेवाड़ की ओर चल पड़ा। बूँदी के लोइचा नामक मैदान में पहुँच गया, तब तक भी राणा विक्रमादित्य ही मान रहा था कि उसके पहलवानों की टोली शत्रु सेना को उठाकर फेंककर मार देगी। कुश्ती और शस्त्र संचालन का अंतर उसकी समझ से बाहर था। उसके पहलवान सैनिकों की मार के आगे भाग खड़े हुए। मेवाड़ी सेना और स्वयं विक्रमादित्य भागकर चित्तौड़ में आ छिपे। एक छोटी सी लड़ाई देखकर ही वह घबरा गया। उसके मूर्ख सलाहकारों ने युद्ध से बचने और समझौता करने की सलाह दी। उसने मंदसौर तथा आसपास का क्षेत्र बहादुरशाह

को भेंट करके समझौता करने की पेशकश की। बहादुरशाह बहुत दिन से मुजफ्फरखान का बदला लेना चाहता था। वह पहली बार में ही सफल हो गया। उसकी खुशी का ठिकाना न रहा। इधर राजमाता कर्मवती और रानी जवाहरबाई भारी दु:खी थीं। विक्रमादित्य का आचरण उनकी प्रतिष्ठा के विपरीत था।

राजमाता कर्मवती ने सभी गण्यमान्य सरदारों को एक पत्र भेजा। पत्र में लिखा—

''हे मेवाड़ के श्रेष्ठवीरो! हिंदू गौरव का प्रतीक केसरिया ध्वज अब तक चित्तौड़ पर लहराता रहा है। यह राज्य भगवान् एकलिंग का है। सिसोदिया वंशी तो मात्र उस गौरव की रक्षा ही कर रहे थे। महाराणा तो उसका प्रतिनिधि मात्र है। राज्य तो आपका है। आज यदि प्रतिनिधि अयोग्य हो गया तो आप अपने मान-सम्मान की रक्षा करने के लिए स्वयं खड़े हो जाएँ। अपने स्वामिभान की रक्षा के लिए आगे आएँ, अन्यथा पीढ़ियों तक इस पाप का परिणाम भुगतना पड़ेगा। हम महिलाएँ अपना कर्तव्य निभाने में आपसे कभी पीछे नहीं रहेंगी। प्राण देकर भी मातृभूमि की रक्षा करेंगी। यह मेवाड़ का स्वाभिमान आप सबको सौंपती हूँ। आप चाहें तो इसकी रक्षा करें और चाहें तो इसको अपमानित होने दें।'' राजमाता कर्मवती के इस मार्मिक पत्र का भारी प्रभाव पड़ा। विक्रमादित्य और उदय सिंह तो अपने ननिहाल बूँदी में भेज दिए गए थे। महाराज सूरजमल का पुत्र बाघसिंह वीर और समझदार था। सरदारों ने बाघसिंह का नेतृत्व स्वीकार किया। सभी ने एक समारोह में बाघसिंह को महाराणा का प्रतीक चिह्न सौंपा तथा उसे मेवाड़ की सुरक्षा का दायित्व सौंपा। विक्रमादित्य के दुर्व्यवहार को भूलकर सब सरदार मेवाड़ के लिए तैयार हो गए। राणा बाघसिंह ने सभी को मान-सम्मान प्रदान किया। बाघसिंह ने सबको प्रेमपूर्वक संबोधित किया। आप सबने मुझे सेनानायक का दायित्व दिया है।

भरोसा रखिए, मैं अपने कर्तव्य से कतई पीछे नहीं हटूँगा। शत्रु से टक्कर लेने के लिए आप मुझे सदा सबसे आगे पाएँगे। बस आप मुझे भरोसा दिलाते रहें कि आप सब मेरे साथ हैं।" सब इसके पश्चात् चित्तौड़ के बड़े फाटक भैरवपोल पर आ डटे। पीछे के द्वार की रक्षा का भार स्वयं रानी जवाहरबाई ने सँभाला। जो महिलाएँ युद्ध कला में स्वयं को निपुण समझ रही थीं, वे सभी जवाहरबाई के साथ शस्त्र धारण करके खड़ी हो गईं।

बहादुर शाह ने चित्तौड़ को चारों ओर से घेर लिया, परंतु कई महीनों तक भी वह प्रवेश न कर पाया। जवाहरबाई की स्त्री सेना ने अपने रण कौशल से पिछले द्वार से किसी को भी एक कदम न बढ़ने दिया। मुसलिम सैनिक उनकी युद्ध कला देखकर आश्चर्यचकित थे। उनकी आशा के विपरीत कोमल अंगोंवाली महिलाएँ भयानक युद्ध कर रही थीं। उनकी तलवारबाजी बेमिसाल थी। जवाहरबाई के प्राण रहते कोई शत्रु एक कदम आगे न बढ़ सका।

इसी बीच महारानी कर्मवती ने आपातकाल में बादशाह हुमायूँ को एक पत्र लिखा। पत्र के साथ कर्मवती ने एक राखी भी भेजी। पत्र में कर्मवती ने लिखा—

"आदरणीय भाई हुमायूँ!

मैं आज आपको भाई मानकर यह पवित्र राखी भेज रही हूँ। आज मेवाड़ मुसीबत में है। आप भाई बनकर मुझ बहन की रक्षा करें। यह रक्षाबंधन जिस भाई की कलाई में बाँधा जाता है, वह अपनी बहन की रक्षा का संकल्प लेता है। मैंने राखी अर्थात अपनी रक्षा का भार आपको सौंप दिया है। अब यह आप पर निर्भर है कि आप अपनी बहन की रक्षा को आगे आते हैं या नहीं।

आपकी प्रतीक्षा में छोटी बहन

रानी कर्मवती"

रानी कर्मवती का संदेश लेकर एक विश्वस्त राजपूत दिल्ली पहुँचा। भावभरा पत्र और राखी प्राप्त करके हुमायूँ भावुक हो उठा। थोड़ी देर को वह भूल गया कि वह मुसलमान है। उसके भीतर बहन के प्रति प्रेम का भाव उमड़ने लगा। वह अपने पिता बाबर की तरह धर्मांध न था। उसने इनसानियत का एक विचार उठा और वह सेना लेकर बहन कर्मवती की रक्षा के लिए चल पड़ा। बहादुरशाह को यह जानकारी मिली तो वह चिंतित हो गया। उसने भी हुमायूँ के पास संदेश भेजा। बादशाह हुमायूँ ग्वालियर तक पहुँच गया था। बहादुरशाह को चित्तौड़ को घेरे हुए लगभग एक वर्ष बीत गया था। उसको सेना का भारी खर्च उठाना पड़ रहा था, साथ ही अनेक बहादुर सेना नायकों की बलि भी चढ़ गई थी। उसने सोचा कि यदि मेवाड़ की सहायता करने के लिए हुमायूँ की विशाल सेना आ गई तो सब योजना धरी रह जाएगी। उसका अब तक का किया-कराया व्यर्थ चला जाएगा। वह जीत के कगार पर पहुँच रहा था। हुमायूँ के लिए बहादुरशाह ने भी एक पत्र लिखा।

"जहांपनाह हुमायूँ!

सलाम! आप इसलाम के बंदे हैं और मैं भी इसलाम का ही एक नाचीज गुलाम हूँ। आप और मैं तो एक ही काम कर रहे हैं। फिर आप एक काफिर औरत के बहकावे में आकर अपने मुसलिम भाई से युद्ध करेंगे? यह कुरआन के उसूल के खिलाफ है। आप जहाँ पहुँच गए हैं, यहीं रुकें या दिल्ली लौट जाएँ। बराय मेहरबानी मेवाड़ का रुख न करें।

इसलाम का खादिम

बहादुरशाह"

बादशाह हुमायूँ अब दुविधा में पड़ गया। एक ओर बहन की पुकार तो दूसरी ओर इसलाम की दुहाई। महीने भर तक वह निश्चय न

कर सका कि मेवाड़ की ओर बढ़े या दिल्ली लौट जाए।

साल भर की घेराबंदी से चित्तौड़ की हालत बिगड़ गई। खाने का सामान समाप्त हो गया। बहादुरशाह की सेना भी तंग आ चुकी थी। साल भर में भी चित्तौड़ का बाल बाँका न कर सकी थी। हुमायूँ दिल्ली से तो आ गया, परंतु बहादुरशाह के बहकावे में आकर ग्वालियर में ही ठहर गया। मजहबी जुनून ने उसे रोके रखा। जब उसका भारत की परंपरा पर, राखी के भाई-बहन के प्रेम पर विश्वास जमा, तब पुनः चित्तौड़ की ओर चल पड़ा।

बहादुरशाह के पास भाग्य से आ गई थी तोप। तोप के गोले से किले की दीवार का दस मीटर भाग टूट गया। फिर भी बहादुरशाह की सेना का एक व्यक्ति भी दुर्ग में प्रवेश नहीं कर पाया। हाड़ावंशी अर्जुन, रावल मन्ना, झाला, भाण, गरवद रावत, सज्जा झाला, भैरव सोलंकी आदि अनेक सरदार चित्तौड़ की रक्षा करते हुए शहीद हो गए। तोप के गोलों के आगे तलवार कहाँ तक चलती। राजपूतों ने अपने प्राणों की आहुतियाँ युद्ध यज्ञ में अर्पित कर दीं। उधर जवाहर बाई के साथ स्त्री सेना ने भी युद्ध-कौशल का अभूतपूर्व प्रदर्शन किया। राजमाता कर्मवती ने राखीबद्ध भाई की बहुत प्रतीक्षा की। हुमायूँ का संदेश मिल गया था, "बहन! मैं सेना सहित सहायता के लिए आ रहा हूँ।" संदेश पाकर तो प्रतीक्षा होनी स्वाभाविक थी। उसे बहादुरशाह के मजहबी पत्र ने उलझा लिया था। कुछ दिन बाद जब उसका बहन के प्रति प्रेमभाव जागा, तब वह चित्तौड़ की ओर भागा, परंतु तब तक बहुत देर हो चुकी थी।

राणा बाघसिंह के नेतृत्व में चित्तौड़ के एक-एक सिपाही ने मातृभूमि की रक्षा के लिए अंतिम श्वास तक युद्ध किया, फिर शहीद हो गए। स्वयं बाघसिंह भी प्राण रहते डटा रहा। मुसलिम सेना को जीते जी चित्तौड़ की धरती पर प्रवेश नहीं करने दिया। जवाहर बाई भी अपनी सेना सहित बलिवेदी पर अपनी आहुति समर्पित कर गई।

राजमाता कर्मवती के पास अब कोई विकल्प न बचा। समाज की शेष तेरह हजार महिलाओं को साथ लेकर कर्मवती ने जौहर व्रत किया और जीते-जी अग्नि में प्रवेश कर गई। आज हम कल्पना करने में भी डरते हैं, कितना भयंकर रहा होगा वह दृश्य, जब तेरह हजार पतिव्रता महिलाएँ एक साथ जलने लगी होंगी। एक बार इसी चित्तौड़ में रानी पद्मावती ने सोलह हजार महिलाओं को साथ लेकर जौहर किया था। एक बार पुनः चित्तौड़ की धरा ने उसी दृश्य को दोहराया। विश्व के इतिहास में केवल चित्तौड़ की धरती को यह प्राप्त हुआ है।

□

धन्य माता पन्ना धाय

गुजरात से बहादुरशाह के आक्रमण के समय बूँदी से बाघसिंह को मेवाड़ बुलाया गया था। उसी ने मेवाड़ की रक्षा का भार सँभाला था। पूरे वर्ष युद्ध करते हुए मेवाड़ के अधिकांश वीर युद्ध में काम आ गए थे। कुछ, जो मेवाड़ से बाहर ही रह गए थे, उन्हें छोड़कर शेष का बलिदान हो गया था। राजमाता कर्मवती ने विक्रम और उदय को पहले ही ननिहाल भेज दिया था। कर्मवती ने तेरह हजार महिलाओं के साथ सती होने का अद्‌भुत कांड कर दिया था। चित्तौड़ पर बहादुरशाह का कब्जा हो गया था। उसने सुलतान खाँ को प्रतिनिधि बनाकर चित्तौड़ में छोड़ दिया था। तब पहुँचा था बादशाह हुमायूँ, राखीबद्ध भाई। कर्मवती और अन्य महिलाओं की चिता की भस्म ही उसे मिली। तब वह बहादुरशाह का पीछा करने लगा। बहादुरशाह मांडू गया, फिर अहमदाबाद गया। फिर छिपता-छिपाता खम्भात की खाड़ी में भाग गया। हुमायूँ फिर दिल्ली की ओर लौट पड़ा, क्योंकि उसे आगरा में किसी बगावत की सूचना मिली थी। बहादुरशाह और हुमायूँ दोनों दूर निकल गए तो कुछ राजपूत सरदारों ने सुलतान खाँ को मारकर भगा दिया। चित्तौड़ पर फिर केसरिया ध्वज फहरा दिया। बूँदी से सिसोदिया वंश के अंश फिर चित्तौड़ बुला लिये गए। विक्रमादित्य को पुनः राजसिंहासन मिला। विक्रमादित्य को अपने पराक्रम से तो राज्य मिला नहीं था। अतः वह पहले की तरह ही अयोग्यता से निर्णय लेने लगा।

महाराणा सांगा के बड़े भाई पृथ्वीराज का एक दासी पुत्र था, वनवीर। क्रूर और दुश्चरित्र था, परंतु स्वयं को सिसोदिया वंश का अंश मानकर अभिमान करता था। विक्रमादित्य भी उस पर भरोसा करने लगा था। वह उसकी बात मानकर अन्य सरदारों को पूरा सम्मान न देता। विक्रमादित्य का स्वभाव तो बदला नहीं था। कहते हैं 'स्वभावों दुरतिक्रम:' अर्थात स्वभाव बदलना बहुत कठिन है। धीरे-धीरे वनवीर ने विक्रमादित्य पर पूरा कब्जा कर लिया। वनवीर को राजमहल में किसी भी समय कहीं भी जाने से कोई नहीं रोकता था। इसी स्थिति का लाभ उठाकर वनवीर एक रात को विक्रमादित्य के शयनकक्ष में घुस गया। विक्रमादित्य गहरी नींद में सोया हुआ था। अवसर पाते ही वनवीर का जंगलीपन जाग गया। उसकी क्रूरता और स्वार्थ की भावना ने उसके मस्तिष्क पर काबू कर लिया। दुष्ट ने अपनी तलवार निकाली और सोए हुए विक्रमादित्य पर पूरे जोर से वार कर दिया। एक ही वार में सिर धड़ से अलग जा गिरा। रक्त के फव्वारे छूट गए। कक्ष की दीवारों पर रक्त के छींटे छप गए। वनवीर क्रूरतापूर्वक राक्षसी अट्टहास करने लगा। उसे अपने किए पर पश्चात्ताप नहीं, अभिमान था। वह स्वयं को सिंहासन का एकमात्र उत्तराधिकारी मानकर प्रसन्न हो रहा था।

वनवीर यहीं नहीं रुका। वह दूसरी संभावना को भी मिटा देना चाहता था। अत: उदय सिंह की तलाश में आगे बढ़ा। उदय सिंह अभी अबोध बालक था। उसके पालन-पोषण का दायित्व पन्ना धाय को दिया गया था। उसका अपना पुत्र चंदन भी उदय की वय का ही था। दोनों को वह प्रेमपूर्वक पाल रही थी, साथ खिलाती थी और साथ सुलाती थी। वे दोनों अलग-अलग कमरे में सोए हुए थे। तभी नंगी तलवार हाथ में लिये हुए वनवीर ने प्रवेश किया। पन्ना धाय घबरा गई। कोई पुरुष भी होता तो रात के समय इस प्रकार नंगी तलवार उठाए किसी पुरुष को सामने देखकर घबरा ही जाता। वनवीर गरजा, "कहाँ है उदय

सिंह। मैं उसे अभी अस्त कर दूँगा। अब वनवीर मेवाड़ का महाराणा है। विक्रमादित्य का अंत हो चुका है। देख रही है यह रक्तरंजित तलवार। जल्दी बता कहाँ है उदय सिंह। उसके जीवन की रस्सी काटने को मेरी तलवार तैयार है। देरी करेगी तो तू भी मरेगी।'' पन्ना धाय के मन में भारी दुविधा चल रही थी। उदय सिंह के साथ मेवाड़ का सूर्य अस्त हो जाएगा। इस पाप में वह भी सहयोगी बनेगी। इतिहास में सिसोदिया वंश के अवसान में उसका भाग भी लिखा जाएगा। यदि उसे बचाने के लिए संघर्ष करूँ तो तलवारधारी पुरुष के सामने निहत्थी स्त्री कितनी देर ठहरेगी? समय अधिक विचार करने का था ही नहीं, तभी उसने निश्चय किया कि वह अपने बच्चे का बलिदान देकर उदय सिंह को बचाएगी। यही उसकी आत्मा की आवाज थी। तब तक वनवीर फिर गरजा, ''अरी दुष्टा! बता रही है कि नहीं, या पहले तेरी ही बलि चढ़ाऊँ। पन्ना ने मुँह से कुछ नहीं कहा। अपने पुत्र चंदन के कक्ष की ओर संकेत कर दिया। वनवीर को तो जो उत्तर अपेक्षित था, वह मिल गया। वनवीर वार्त्तालाप तो चाहता ही नहीं था। संकेत ही पर्याप्त था उसे अपनी क्रूर इच्छा पूर्ति के लिए। सो रहा था चंदन वहाँ। दुष्ट वनवीर ने क्षणमात्र में बालक का वध कर दिया। फिर उन्मादी हँसी हँसते हुए कक्ष से बाहर चला गया। किसी प्रमाण की गुंजाइश नहीं छोड़ी। वह स्वयं चिल्लाकर कह रहा था, ''हा हा हा! मैंने विक्रम को मार दिया...हा हा हा! उदय को भी मार दिया। अब मेवाड़ पर मैं राज्य करूँगा। निष्कंटक, एकमात्र महाराणा मैं हूँ, केवल मैं।''

इधर पन्ना धाय ने दहाड़ें मार-मारकर रोना शुरू किया। रोते-रोते एक बार भी चंदन का नाम नहीं लिया। यही कहती रही, उदय मारा गया। रात थी, पर बात वायुमंडल में फैल गई। पन्ना ने अपने पति को बुलाया और उदय सिंह को बचाने की योजना तैयार की। राणाओं का एक सेवक था नाई नारायण! उसे सोता हुआ उदय सिंह वस्त्रों में

लपेटकर सौंप दिया। पन्ना ने उसे विश्वस्त मानकर उदय को सौंपा था, परंतु उसे यही बताया कि उदय मारा गया है और यह मेरा पुत्र चंदन है। मैं उसे लेकर यहाँ से दूर चली जाऊँगी। तुम मेरी सहायता करो। मेरे इस पुत्र को बेरच नदी के घाट पर पहुँचा दो। वहीं मेरी प्रतीक्षा करना। मैं कुछ आवश्यक कपड़े आदि लेकर जल्दी ही वहाँ पहुँच जाऊँगी।

नाई उदय को लेकर चला गया। पन्ना ने कुछ आवश्यक सामान अपने पति को दिया। फिर अपने पुत्र के शव को लेकर श्मशान घाट पर गई और विश्वस्त सेवकों के साथ उदय सिंह बताकर उसका दाह-कर्म कर दिया। नाई दूसरे घाट पर प्रतीक्षा कर रहा था। पन्ना अपने पति के साथ वहाँ पहुँची और उदय सिंह को सँभाला। नारायण इतनी कुशलता से उदय को ले गया कि उसकी नींद भी घाट पर पहुँचने तक नहीं टूटी। पन्ना धाय के पहुँचते ही उदय सिंह को अपनेपन में कुछ अजीब नहीं लगा। पन्ना और पति उसे लेकर प्रतापगढ़ की ओर चले गए। नारायण को भी तब बताया गया कि चंदन मारा गया है और वे उदय सिंह की रक्षा कर रहे हैं। उन्हें चलते-चलते तीन दिन बीत गए, चौथे दिन वे डूंगरपूर पहुँचे। डूंगरपुर का प्रमुख सरदार आसकरण था। उसे वास्तविकता बताई गई। वह सहायता करने को तैयार था, परंतु वनवीर के भय से अपने यहाँ उदय सिंह को संरक्षण देने को तैयार न हुआ। पन्ना ने धैर्य नहीं छोड़ा। वे दोनों और कई दिन तक चलते रहे। पर्वत की घाटियों में, जंगलों में से गुजरते हुए वे कुंभलनेर पहुँच गए। बीच में जहाँ भी ठहरने की, खाने की या कोई आवश्यक मदद की आवश्यकता हुई तो वनवासी भीलों ने पूरा सहयोग दिया। उदय सिंह की सुरक्षा के लिए सब एकमत थे। जिससे जो बन पड़ी, सबने सेवा की। अब वे आशाशाह देवपुरा के पास पहुँच गए। महाराणा सांगा ने आशाशाह को कुंभलनेर का किलेदार बनाया था। वह कृतज्ञ था। यद्यपि वह महेश्वरी वैश्य था, परंतु साहसी और समझदार था। वनवीर के अत्याचार की

कहानी वहाँ पहले ही पहुँच चुकी थी। महाराणा के वंश को बचाने में उसकी भी कोई भूमिका होगी, इसमें वह अपना सौभाग्य मान रहा था। जब पन्ना धाय ने अपने मुख से वनवीर के द्वारा क्रूरतापूर्वक चंदन की हत्या और उदय सिंह की रक्षा की घटना का वर्णन किया तो पन्ना बहुत भावुक हो गई। अपने पुत्र चंदन की याद में उसका गला भर्रा गया। उसकी आँखों से आँसू झरने से बहने लगे। आशाशाह भी भावुक हो गया। बोला, "पन्ना! तुम मेरी बहन हो। तुमने सिसोदिया वंश पर, मेवाड़ पर और मैं तो कहूँगा कि भारतवर्ष पर अद्वितीय उपकार किया है। यह मानवीय नहीं, दैवी कार्य है। इस घटना की कल्पना करना भी कठिन है। तुम्हें बहन कह- कर मैं भी धन्य हो गया। अब तुम निश्चिंत हो जाओ। आगे की सब चिंता अब मैं करूँगा।"

आशाशाह ने एक अलग स्थान पर पन्ना के रहने की व्यवस्था कर दी। उदय सिंह को अपने पास रख लिया। सबको यही बताया कि उदय मेरा भानजा है। उदय को भी समझाया गया कि वह आशाशाह को 'मामाजी' कहकर संबोधित करे। इस प्रकार मामा-भानजे के रूप में उदय परिवार का अंग बन गया।

आशाशाह की माँ चाहती तो बेटे को ऐसी जिम्मेदारी लेने से रोक सकती थी। उसे पचड़े में न पड़ने की सलाह दे सकती थी, परंतु वह माँ भी धन्य है, उसने आशा का उत्साह बढ़ाया। उसकी भावना की सराहना की। माँ ने उदारतापूर्वक अपने पुत्र से कहा, "बेटा आज तुम जो कुछ भी हो, महाराणा सांगा के कारण हो। आज महाराणा संसार में नहीं हैं। उनके वंश की रक्षा करने का अवसर ईश्वर ने तुम्हें ही दिया है। वनवीर की क्रूरता से भयभीत न होना। ईश्वर ही रक्षक है। वह हमें-तुम्हें सेवा का अवसर देता है, नाम देता है, करनेवाला तो वह स्वयं ही है। ईश्वर ही उदय सिंह की रक्षा करना चाहता है। हजारों-लाखों राजपूतों को छोड़कर प्रभु ने पन्ना को हमारे घर तक लाने की प्रेरणा दी। अत: इसकी

रक्षा ईश्वर की ही सेवा है। आगे जो प्रभु चाहेंगे, सो करेंगे।''

माता का समर्थन और आशीर्वाद पाकर आशाशाह और भी उत्साहित हो गया।

पन्ना का निवास कुछ दूर था। वह समय-समय पर उदय सिंह से मिलने आया करती थी। आशाशाह अपने भानजे उदय सिंह की रक्षा ही नहीं, शिक्षा-दीक्षा का पूरा ध्यान रखता थ। उसने मेवाड़ के प्रमुख प्रजाजनों से संपर्क बना लिये थे। वनवीर की क्रूरता और दुर्व्यवहार के कारण उसे मेवाड़ की प्रजा ने अस्वीकार कर दिया था। लगभग सभी सरदार उसे अस्वीकार कर चुके थे। तीन वर्ष बीते भी नहीं थे कि उसे सत्ता से हटा दिया गया। दूसरी ओर आशाशाह ने धीरे-धीरे उदय सिंह के जीवित होने और पन्ना धाय के पुत्र के बलिदान की घटना से सरदारों को अवगत कराया। 1537 में उदय सिंह का धूमधाम से महाराणा के नाते स्वागत किया गया। आशाशाह ने उदय सिंह का संरक्षण फिर भी सँभाले रखा। पन्ना के बलिदान की जानकारी से उसका सम्मान प्रत्येक राजपूत घराने में होने लगा।

□

जीत लिया चित्तौड़

उदय सिंह का उदय हो चुका था। बड़े-बड़े सरदारों तक उदयद्य सिंह के जीवित होने की जानकारी पहुँच चुकी थी। चित्तौड़ का महाराणा तो वनवीर ही बना बैठा था। न तो उसे उदय के जीवित होने की कहानी पर विश्वास था, न वह विश्वास करना चाहता था। अपनी जगह वह भी सच्चा था। उसने अपने हाथ से उदय का सिर काटा था। वह अपने लोगों से कहता था कि पन्ना अपने पुत्र को उदय सिंह कहकर सामने लाना चाहती है। कुछ लोग उसकी बात पर विश्वास भी करते थे। चाहे भरोसा करके या भयभीत होकर, अब भी अनेक राजपूत वनवीर के साथ थे। चित्तौड़ तो वनवीर के अधिकार में ही था।

वनवीर अपने साथियों को प्रसन्न रखने के लिए कोई-न-कोई आयोजन करता ही रहता था। एक दिन उसने अपने सभी साथी सरदारों को दावत पर बुलाया। दावत प्रारंभ हुई। वनवीर की बगल में ही बैठा था, रावत खाँ। रावत खाँ मुसलमान नहीं, अपितु राजपूत था। वह किसी फकीर की दुआ से हुआ था। अत: उसके नाम में रावत सिंह के स्थान पर खाँ लगाकर फकीर के प्रति कृतज्ञता व्यक्त की थी। सभी वनवीर के साथी सरदार दावत के लिए बैठ गए थे। दावत शुरू हो गई। वनवीर ने मिठाई का टुकड़ा खाया। आधा जूठा टुकड़ा रावत खाँ की थाली में रखते हुए कहा, ''बर्फी बहुत स्वाद है। इसे खाकर देखो।'' रावत खाँ तो क्रोध से फुँफकारता हुआ खड़ा हो गया। बोला, ''खा चुका खाना मैं

और उठकर खड़ा हो गया। वनवीर बोला, "क्यों, तू स्वयं को कुलीन राजपूत मानता है और मुझे नीचा समझता है। क्या मैं राणा का वंश नहीं। क्या मैं महाराणा नहीं?"

वनवीर के रोकने पर भी वह रुका नहीं, रावत खाँ उठकर चला गया। जाते हुए रावत खाँ से वनवीर बोला, "जा अपने को बड़ा कुलीन समझता है। सारा नशा एक पल में उतार दूँगा।" रावत खाँ बिना पीछे देखे चला गया। कुंभलनेर का किला ही अब राजपूतों का शक्ति-केंद्र बन गया था। आशाशाह ने अपने परिचित राजपूत सरदारों को इस सत्य से अवगत करा दिया था कि उदय सिंह जीवित है और कुंभलनेर में है। जिन्हें भी इस सत्य की जानकारी मिलती, वे सब उदय सिंह को अपनी आँखों से देखने के लिए कुंभलनेर पहुँच जाते। वनवीर को भी इसका समाचार मिला। उसने अपने साथियों को तो यह बताया कि यह झूठ है। मैंने अपने हाथ से उदय को मारा है, दूसरी ओर मन में यह भावना थी कि यदि उदय जीवित है तो उसे प्रचार बढ़ने से पहले ही मार दिया जाए। उसने कुंवर तँवर के नेतृत्व में अपनी सेना भेजी। उदय सिंह को जीवित या मृत पकड़ लाने का निश्चय कर कुँवर तँवर कुंभलनेर पहुँचा। वनवीर के सैनिकों को उदय सिंह के साथ कितने राजपूत हैं, इसका अनुमान नहीं था। युद्ध हुआ, परंतु जल्दी ही कुँवर तंवर मारा गया। कुछ सैनिक मारे गए, कुछ भाग गए।

उदय सिंह को लिये राजपूत सरदार विज़य पाकर ताणे के किले की ओर बढ़े। ताणे के किले को घेर लिया। उस किले पर वनवीर का वफादार मल्ला सोलंकी किलेदार था। राणा सोलंकी उसका सहायक था। उदय सिंह के समर्थक राजपूत कई दिन तक घेरा डाले रहे, परंतु प्रवेश न कर सके। राजपूत सरदार मेधा सांखला घेरे का नेतृत्व कर रहा था। कई दिन बीतने पर भी सफलता न मिली तो मेधा सांखला ने एक उपाय किया। उसने ताणे से अपना घेरा उठाया और बहुत दूर पीछे ले

गया। सोलंकी ने सोचा, उदय सिंह और उसके साथी तंग होकर चले गए हैं। अतः वह असावधान हो गया। सांखला के गुप्तचर लगे हुए थे। असावधानी होते ही सूचना मिल गई। मल्ला सोलंकी निकटवर्ती महादेव के मंदिर में पूजा करने जाया करता था। वह एक दिन मंदिर के पास एक गुफा में ध्यानमग्न बैठा था। राजपूतों ने उसे चारों ओर से घेर लिया। ध्यान समाप्त कर जब वह गुफा से बाहर निकला तो वह हैरान रह गया। वह अकेला शस्त्रों के घेरे में था। जी-जान लगा कर वह लड़ा, परंतु मेधा सांखला की तलवार का शिकार बन गया। सोलंकी की मृत्यु से तो वनवीर की हिम्मत टूट गई। उदय सिंह की सेना ने ताणे के किले को पुनः घेर लिया। सरदार सोलंकी के मारे जाने से सैनिकों का मनोबल तो टूट ही चुका था। ताणे के फाटक पर चढ़कर उदय सिंह ने एक लघु भाषण दिया। उदय सिंह बोला, ''हे मेरे प्यारे राजपूत वीरो! आप सभी मेवाड़ के वफादार सैनिक हैं। मैं उदय सिंह महाराणा सांगा का छोटा पुत्र मेवाड़ का सच्चा उत्तराधिकारी हूँ। वनवीर हत्यारा है। आपको मारना मेरा उद्‌देश्य नहीं है। आप तो मेरे अपने ही हैं। यदि आपने मेवाड़ के हित के विरुद्ध व्यवहार किया तो आपके साथ शत्रु जैसा ही व्यवहार किया जाएगा।''

उदय सिंह के अपनत्व भरे वचनों का प्रभाव हुआ। ताणे के फाटक खोल दिए गए। उदय सिंह का केसरिया झंडा ताणे के किले पर फहराने लगा। मेवाड़ की गद्‌दी पर वनवीर को दो ही वर्ष बीते थे कि उसके दुर्व्यवहार से राजपूत दुःखी होने लगे। वह स्वयं को कुलीन प्रमाणित करने के लिए उन्हें सीधे आदेश कर देता और अपनी आज्ञा कठोरतापूर्वक मानने को बाध्य करता।

रावत खाँ से हुआ व्यवहार सबके सामने था। रावत खाँ वनवीर से क्रुद्ध होकर कुछ अलग राजपूतों के साथ आशाशाह और उदय सिंह से जा मिला। रायसिंह और आसकरण भी शामिल थे। वे तो स्वयं इसके

साक्षी थे कि पन्ना धाय इनके पास भी आई थी, परंतु उन्होंने उदय सिंह को संरक्षण देने से इनकार कर दिया था। धीरे-धीरे वनवीर के व्यवहार से असंतुष्ट सरदार उदय सिंह से आकर मिलने लगे। कोठारिया साईंदास, कैलावा के राव जग्गा, नागौर के हाड़ा सुलतानसिंह, प्रतापगढ़ के रावल रामसिंह, डोडिया के ठाकुर सांडा, बाँसवाड़ा के जगमल और अक्षयराज पंवार सभी राणा उदय सिंह को पुनः मेवाड़ के सिंहासन पर आरूढ़ कराने के लिए संकल्पबद्ध थे। इस विषय पर विचार चल रहा था कि क्या कदम उठाया जाए। चित्तौड़गढ़ पर तो वनवीर का कब्जा था। किला तो अपने आपमें बहुत मजबूत था ही। सभी को प्रमाण देने के लिए एक सभा का आयोजन किया गया। रावत खाँ ने अपने सभी साथियों को बुलवाया। जनसाधारण भी इस सभा में सम्मिलित हुआ। इस समारोह में पन्ना धाय को भी आमंत्रित किया गया। भगवान् महादेव की शपथ देकर पन्ना धाय ने अपने पुत्र चंदन के बलिदान और उदय सिंह की रक्षा करने की पूरी घटना का विवरण सबको सुनाया। राव राय सिंह, आसकरण सिंह और आशा शाह माहेश्वरी ने शपथपूर्वक गवाही दी। इस प्रकार सबको आश्वस्त कर दिया गया कि उदय सिंह ही मेवाड़ का महाराणा बनने का अधिकारी है। इस समारोह के माध्यम से पहली बार उदय सिंह सबके सामने प्रकट हुआ। अब किसी को उदय सिंह के महाराणा पद का अधिकारी होने में कोई संदेह नहीं रहा। रही-सही कसर पूरी कर दी मारवाड़ के नरपति अखेटराय ने। अपनी पुत्री का विवाह उदय सिंह से कर दिया। मारवाड़ की महान शक्ति भी उदय सिंह के साथ अनायास जुड़ गई। इस प्रकार राजस्थान के लगभग सभी राजघराने उदय सिंह के समर्थन में संगठित हो गए।

फिर तो उदय सिंह की सेना चित्तौड़ की ओर बढ़ चली। चित्तौड़ को चारों ओर से घेर लिया। अंदर वनवीर चित्तौड़ में स्वयं को सुरक्षित समझ रहा था। चित्तौड़ की सुरक्षा का दायित्व श्री चील मेहता को दिया

गया था। चील मेहता के पास यह दायित्व महाराणा सांगा के समय से ही था। कुंभलनेर के आशाशाह ने भी उनके साथ कार्य किया था। अत: दोनों की पुरानी मित्रता थी। अब भाग्य से आशाशाह चित्तौड़ के बाहर थे और चील मेहता दुर्ग के अंदर थे। आशाशाह ने मिलने का जुगाड़ कर लिया। उसने चील मेहता को याद दिलाया कि हम-तुम महाराणा सांगा के विश्वासजनों में रहे हैं। क्या वनवीर की दासता करने में आपके मन में कोई दुविधा नहीं हो रही?" चील मेहता पहले तो कुछ बचे, फिर खुल गए। उन्होंने कहा कि अब घर-बार और परिवार पालन का साधन छोड़कर कहाँ जाएँ। आशाशाह ने फिर पन्ना धाय द्वारा बताई सारी घटना की जानकारी दी और उदय सिंह का सहयोग करने का आग्रह किया। चील मेहता को आशाशाह ने उपाय सुझाया कि वह वनवीर को दुर्ग के भीतर खाद्य सामग्री के समाप्त होने की जानकारी बार-बार दे। जब वह दुर्ग में खाद्य सामग्री लाने के लिए कहे तो मुझे संकेत कर देना। खाद्य सामग्री लानेवाले मजदूरों की जगह मैं सैनिकों को भेज दूँगा।

आशाशाह ने इसी बीच चित्तौड़ दुर्ग से घेरा हटा लिया। कुछ पीछे हटकर डेरा डाल लिया गया। चील मेहता तो वनवीर को सलाह दे ही चुके थे कि उचित अवसर देखकर दुर्ग में खाद्य सामग्री आयात कर लेनी चाहिए ताकि दुर्ग को अधिक दिन तक सुरक्षित रखा जा सके। वनवीर राणा को ज्यों ही सूचना मिली कि उदय सिंह ने चित्तौड़ दुर्ग का घेरा हटा लिया है, उसने समझा कि कई दिन तक घेरा डाले होने की वजह से संभवत: सेना तंग आ गई है। अत: उसने तुरंत चील मेहता को आदेश दिया कि वह जल्दी खाद्य सामग्री दुर्ग में लाने की व्यवस्था करे। चील मेहता ने संदेश भेज दिया। आशाशाह के गुप्तचर तो उन्हें पल-पल का समाचार दे ही रहे थे। खाद्य सामग्री के ठेले दुर्ग के फाटक के सामने लदे खड़े थे। रात्रि का अंधकार हो जाने पर मुख्य द्वार खोला गया। एक-एक ठेले के साथ चार-चार मजदूर थे। मजदूर नहीं, वे सैनिक थे। ठेले

पर खाद्य सामग्री के भीतर शस्त्र छिपे थे। द्वारपालों ने खाद्य सामग्री की जाँच नहीं की। होशियार द्वार रक्षकों को मौत के घाट उतार दिया गया। उनके शस्त्र छीनकर अपने सैनिक खड़े कर दिए गए। ज्यों ही पर्याप्त सैनिक अंदर पहुँच गए, अचानक वनवीर के रक्षकों पर आक्रमण कर दिया गया। उदय सिंह की सारी सेना किले में प्रवेश कर चुकी थी। उन्होंने किसी को न मारा, न काटा। बस चारों ओर उद्घोष गूँजने लगे।

"महाराणा उदय सिंह की जय!
भगवान् एकलिंग की जय!
मेवाड़ एकता, अमर रहे
हर-हर महादेव!

आशाशाह और उदय सिंह वनवीर को खोजने लगे। वनवीर समझ गया कि अब उसका बच पाना कठिन है। अतः 'ज्यों-ज्यों हर-हर महादेव का उद्घोष निकट आता गया, वह स्वयं को बचाने के लिए उतना ही प्रयत्नशील होता गया। इससे पहले कि उदय सिंह के समर्थक उसके महल में प्रवेश करते, वह अपने परिवार को साथ लेकर लाखौटा वारी के मार्ग से भाग निकला। सारे दुर्ग निवासी, प्रजाजन और सैनिक उदय सिंह के जयघोष में सहज ही सम्मिलित हो गए। इतनी बड़ी विजय बिना किसी भारी रक्तपात के प्राप्त हुई। आशाशाह को ही इस विजय का श्रेय जाता है।

सन 1537 में चैत्र की वर्ष प्रतिपदा के दिन राजपूती परंपरा के अनुसार उदय सिंह का राज्याभिषेक हुआ। उसने मेवाड़ के महाराणा पद की शपथ ली। सामंतों द्वारा महाराणा को भेंट दी गईं। जन-जन में उदय सिंह के प्रति अपनत्व दरशाने की होड़ लग गई। सब ओर महाराणा उदय सिंह की जय, मेवाड़ की जय और हर-हर महादेव के नारे गूँजने लगे।

□

राजपुरोहित का बलिदान

महाराणा प्रताप का नाम इतिहास में अमर है। बादशाह अकबर ने उनको पराजित करने और अपनी अधीनता मनवाने के लिए तीस वर्षों तक सतत प्रयत्न किया, परंतु सफल नहीं हो सका। अकबर की विशाल सेना का सामना महाराणा ने अपनी सीमित सेना से किया। जंगलों में भटके। भीलों की सहायता ली। राजसी ठाट-बाट को त्यागकर जीवन भर कष्ट सहे, परंतु अधीनता स्वीकार नहीं की।

महाराणा प्रताप का अनुज था, शक्ति सिंह। वही रूप, वही तेज, वही स्वाभिमान, दोनों भाई एक समान। एक दिन दोनों भाई शिकार खेलने गए। अलग-अलग निकले थे। जंगल तो जंगल ठहरा। ऊँची-नीची घाटियाँ, बड़े-छोटे पेड़, टेढ़े-मेढ़े रास्ते। कोई जाना चाहे उत्तर, तो पहुँच जाए दक्षिण। प्रताप ने एक जंगली सूअर का पीछा किया। उसने प्रताप को बहुत घुमाया। प्रताप ने तीर चलाया। वह सूअर के पेट में जा समाया। तत्क्षण एक और तीर सूअर की पूँछ को छूता हुआ आया। सूअर घबराया और चकराया। वह कटा वृक्ष सा धरती पर गिर पड़ा। तभी शक्तिसिंह का घोड़ा वहाँ जा अड़ा।

महाराणा बोले, ''अरे शक्ति! तुम?''

''हाँ भाई सा मैं। यह तीर मेरा है।'' शक्ति सिंह आगे आकर बोले।

''क्षत्रिय का निशाना अचूक होता है। फिर तुम्हारा निशाना चूक

कैसे गया?'' राणा प्रताप ने कहा।

''जी भाई सा! मेरे क्षत्रिय होने में कोई संदेह है क्या?'' शक्ति सिंह की वाणी में तल्खी दिखाई पड़ी।

''क्या सबूत की आवश्यकता है? सूअर आगे निकल चुका और तुम्हारा निशाना पूँछ के पास लगा।'' बड़े भाई की सहज भाव से कही गई बात शक्ति सिंह को बुरी तरह अखर गई। क्रोध से नेत्र लाल हो गए। स्वर कठोर हो गया, ''यह बात है तो आओ निर्णय कर लें कि निशाना किसका अचूक है?'' कहते-कहते शक्ति सिंह ने अपना भाला उठाया। राणा प्रताप ने भी भाला उठाते हुए कहा, ''बड़े भाई का सामना करेगा?''

''क्षत्रिय को जो भी ललकारेगा, उसको जवाब दिया जाएगा। फिर वह बड़ा भाई ही क्यों न हो?'' शक्ति सिंह ने भाला हवा में लहराया।

प्रताप भी चुप कैसे रहते? क्षत्रिय, फिर अग्रज और राजा भी। अपमान सहना राजपूत के लिए अधर्म है। दोनों के भाले हवा में लहराए। चमचमाती नोक, मानो एक-दूसरे के रक्त की प्यासी हो गईं। दोनों वीर पल भर में परस्पर वार करके एक-दूसरे के प्राण ले ही लेते, तभी एक गंभीर स्वर ने दोनों को रोक दिया, ''ठहरो! यह अनर्थ मत करो।'' क्षण भर को रुककर दोनों ने भद्र पुरुष की ओर देखा। वे और कोई नहीं, मेवाड़ के राजपुरोहित थे। वे फिर गरजे, ''शर्म नहीं आती तुम्हें? देश पर विधर्मी, विदेशी आक्रमण हो रहे हैं। देश यवनों के अधीन होता जा रहा है और मेवाड़ के वीर राजकुमार मूर्खतावश आपस में युद्ध कर रहे हैं।''

वृद्ध राजपुरोहित की बात दोनों ने सुनी, परंतु समझी नहीं। भाले छोड़कर तलवारें निकाल लीं। हवा में तलवारें लहराने लगीं। राजपुरोहित पुनः चिल्लाए, ''वीरता के साथ बुद्धि भी उपयोग करनी चाहिए। यह आपस में लड़ने का समय नहीं है। मिलकर देश के शत्रुओं से लड़ो।''

तब तक दोनों भाई भिड़ चुके थे। वे आज निर्णय तक पहुँच जाना चाहते थे। राजपुरोहित को देश की चिंता थी। दोनों क्षत्रियों को अपने निशाने को अचूक प्रमाणित करने की चिंता थी। अत: पुरोहित की बात सुनकर भी अनसुनी कर रहे थे। राजपुरोहित अपने जीवन की चिंता किए बिना दोनों के मध्य जा खड़े हुए। एक-दूसरे पर किए गए वार पुरोहितजी को लगे। वे खून से लथपथ वहीं गिर पड़े। तलवारें रुक गईं। गरदनें झुक गईं। राजपुरोहित के तन पर दोनों के वार लग चुके थे। दोनों कंधे कट चुके थे। सिर सलामत था। दोनों ने तलवारें म्यान में रख लीं। पुरोहितजी से क्षमा-याचना करने लगे। राणा बोले, ''काका! आप बीच में क्यों आए, आप व्यर्थ ही घायल हो गए?''

''बेटा प्रताप! बेटा शक्ति सिंह! इससे अधिक मैं कर ही क्या सकता था? मैंने बार-बार चेताया, परंतु तुम दोनों की समझ में न आया। देश पर शत्रुओं के आक्रमण हो रहे हैं। जिन्हें देशरक्षा के लिए लड़ना चाहिए, वे आपस में लड़ रहे हैं।''

''काका! लेकिन आप अपने जीवन की रक्षा तो करते?'' शक्ति सिंह बोले। राजपुरोहित ने कराहते स्वर में कहा, ''यदि मैं बीच में न आता तो तुम दोनों में से किसी एक के प्राण चले जाते। दोनों के भी प्राण जा सकते थे।'' उनका स्वर मंद पड़ चुका था। राणा प्रताप ने कहा, ''काका! अब आपके प्राण बचने आवश्यक हैं। शक्ति सिंह! उठाओ उधर से काका को, इन्हें यहाँ से ले चलें। राज-चिकित्सक से उनकी चिकित्सा तुरंत करानी है। पुरोहितजी हमारे पूज्य हैं, हितैषी हैं, मार्गदर्शक हैं, इनके प्राण मूल्यवान हैं।''

राजपुरोहित ने कराहते हुए कहा, ''अब मेरे प्राण बचाने का प्रयास व्यर्थ है। दोनों कंधे कट चुके हैं। अब तो देशरक्षा के लिए अपनी तलवारें उठाओ। मेरा रक्त बह रहा है। राजमहल तक जाते-जाते बहुत रक्त बह चुका होगा।''

राणाप्रताप बोले, ''शक्ति सिंह, जाओ चिकित्सक को यहीं लिवा लाओ। शायद काका के प्राण बच जाएँ।''

राजपुरोहित ने लंबी आह भरी, ''हे राम! राजपुत्रों को सुबुद्धि देना। मेरे प्राण तो जानेवाले ही हैं। इनमें देशप्रेम की ज्योति कभी न बुझे।'' कहते-कहते उन्होंने हिचकी ली और प्राण पखेरू उड़ गए। दोनों भाई एक-दूसरे को दोषी मानते हुए खड़े रहे। फिर राणाप्रताप बोले, ''शक्ति! यह काका का बलिदान तुम्हारी नादानी के कारण हुआ है। मैं राजा होने के नाते आज्ञा देता हूँ कि तुम इसी समय राज्य से बाहर निकल जाओ।'' दुःखी तो शक्ति सिंह भी था। वह राणाप्रताप को दोषी मान रहा था। राजा के नाते दी गई आज्ञा का पालन करते हुए वह तुरंत वहाँ से चला गया और अकबर से जा मिला। उसने फिर से वही गलती कर दी, जिसे रोकने के लिए राजपुरोहित का बलिदान हुआ था।

□

भील पुंजा बना भाई

हल्दीघाटी का युद्ध जून 1576 में हुआ। वैसे इतिहास में उसकी तुलना किसी अन्य युद्ध से नहीं की जा सकती। एक ओर अकबर बादशाह की सवा लाख फौज और दूसरी ओर महाराणा प्रताप के बाईस हजार सैनिक। चारों ओर पहाड़ों से घिरा यह विशाल मैदान। दोनों असमान सेनाएँ परस्पर युद्ध के लिए आमने-सामने। भयंकर युद्ध हुआ। अकबर के बड़े-बड़े सेनापति पूरा जोर लगा रहे थे। उनको कोई क्या हरा पाएगा, जिन्हें अपने प्राणों की परवाह न हो। अकबर की सेना बहुत बड़ी संख्या में हताहत हुई। राणा प्रताप के रणबाँकुरे पूरे उत्साह से जान पर खेलकर लड़ रहे थे।

महाराणा अचानक शत्रु सैनिकों से घिर गए। चारों ओर अकेले ही मोर्चा सँभाल रहे थे। चौबीस शत्रु अकेले राणा पर वार कर रहे थे। तभी मानाझाला ने मन-ही-मन एक निश्चय किया। आत्मबलिदान का निश्चय, देशभक्ति का निश्चय, स्वामीभक्ति का निश्चय, कृतज्ञता का निश्चय। सोच-विचार का समय नहीं था, अतः निश्चय को तुरंत कार्यान्वित कर दिया। राणाझाला तेजी से शत्रुओं के बीच घुस गए। महाराणा को लगा, अब हम दो हो गए, परंतु शत्रु तो पहले ही चौबीस थे। तलवारों के वार और ढालों की खनक पूरे यौवन पर थी। एकाएक मानाझाला ने महाराणा का मुकुट उतारकर अपने सिर पर रख लिया। महाराणा की तलवार क्षण भर को रुकी। राणाझाला की नजरें झुकीं, पर

आवाज निकली, ''निकल जाओ, देश को आपकी जरूरत है महाराज! मुझे शहीद होने दो।'' महाराणा भी कुछ सोचने की स्थिति में नहीं थे। मानो यह ईश्वर की आज्ञा है। मार-काट मचाते हुए एक ओर से घोड़ा दौड़ाते आगे बढ़े। शत्रुओं को पहचान नहीं रही। मुकुट पहने राणाझाला वहीं युद्ध कर रहे थे। अकेले घंटों लड़े। दुश्मन दल के दाँत खट्टे किए, परंतु अंत में बलिदान हो गए।

अकबर के हाथ कुछ न लगा। महाराणा प्रताप सुरक्षित निकल गए थे। अकबर की विशाल सेना तहस-नहस हो चुकी थी। मायूस होकर अकबर लौट गया। यूँ तो इतिहास ने अकबर को विजयी बताया है, पर जीतकर भी उसके हाथ कुछ नहीं लगा। महाराणा प्रताप को वह झुका नहीं सका। न मार पाया, न ही जीवित पकड़ पाया। वास्तव में जिसके साथी सैनिक अपनी जान देकर भी अपने स्वामी की जान बचाने के लिए तैयार रहते हों, उसको कौन पराजित कर सकता है?

महाराणा के पास सेना के अतिरिक्त लगभग चार सौ भीलों का एक लड़ाकू दल भी था। उसमें पहाड़ और जंगल के सभी मार्गों से सुपरिचित अचूक निशानेवाले तीरंदाज थे। ये पहाड़ों की ऊँची चोटियों पर, पेड़ों और टीलों पर चढ़कर शत्रु सेना को निशाना बनाते थे। शत्रुओं को यह भी पता नहीं चलता था कि तीर कहाँ से आया। कभी-कभी ये भील रात को सोते हुओं पर भी आक्रमण कर देते और गोला-बारूद और खाद्य सामग्री लूटकर ले जाते थे। भीलों का यह दल राणापुंजा के नेतृत्व में कार्य करता था। राणा पुंजा झाड़ौल तहसील के भोमट परगने के गाँव पानरवा के रहनेवाले थे। चारों ओर पहाड़ों से घिरा पानरवा प्रकृति की गोद में पालना सा दीख पड़ता था। राणापुंजा के नेतृत्ववाला यह छापामार दल बहुत कुशल एवं निष्ठावान देशभक्त था। जंगल के चप्पे-चप्पे की हर खबर महाराणा को पहुँचाता था। इसीलिए जंगल में महाराणा स्वयं को राजधानी से अधिक सुरक्षित समझते थे।

राणा पुंजा के साथियों ने पूरे पहाड़ी क्षेत्र को घेर लिया था। बची-खुची बादशाही सेना गोगुंदा में शिविर बनाकर रह रही थी। भीलों के आकस्मिक हमलों से डरकर शिविर के चारों ओर खाई खुदवा दी थी और इतनी ऊँची दीवार बनवा दी थी कि घोड़ा भी पार न कर सके। इसकी हानि भी शाही सेना को ही उठानी पड़ी। शाही सेना को एक ही मार्ग से खाद्य सामग्री पहुँच सकती थी। सैनिक आसपास के गाँवों से लूटकर या माँगकर ही कुछ ला सकते थे। परिणामस्वरूप उनके सैनिक भूख से मरने लगे। जानवरों का मांस खाकर अपना जीवन बिताने लगे। उनको यह तो विश्वास हो गया कि महाराणा को अपने अधीन करने का अकबर का सपना कभी साकार नहीं हो सकेगा। आइए यह भी जान लें कि मेवाड़ के महाराणा की इस सुदूर ग्रामवासी भील पुंजा से इतनी घनिष्ठता कैसे हुई ?

राणाप्रताप और राणा शक्ति सिंह किशोर अवस्था में एक दिन शिकार खेलने गए थे। अपने साथियों से भटककर ये पहाड़ियों में खो गए। जिधर भी जाते, रास्ता बंद मिलता। प्यास के मारे परेशान। शक्ति सिंह अग्रज पर खीझ रहे थे।

"आपको रास्ता पता नहीं था तो आप क्यों आए ? मैं तो बस आपके पीछे ही दौड़ता आया। अब यहाँ जंगल में पड़े रहो भूखे-प्यासे।"

शक्ति सिंह को रुआँसा देखकर प्रताप ने ढाढस बँधाया, "शक्ति सिंह होकर कमजोरों की सी बात करते हो ? अरे ! थक गए हो तो कहीं छाया में बैठकर थोड़ा विश्राम कर लेते हैं।"

शक्ति सिंह ने कहा, "वह पेड़ दिखाई दे रहा है। वहाँ छाया में थोड़ी देर विश्राम करते हैं। शायद कोई राही इधर आ निकले।"

दोनों पेड़ की ओर चल दिए। छाया में जाकर विश्राम की इच्छा से बैठ गए। तभी एक तीर वहाँ आकर पेड़ के तने में घुस गया। दोनों सावधान हो गए। इधर-उधर कोई दिखाई न पड़ा। वे चकित होकर

तीरंदाज की खोज में निगाह दौड़ा रहे थे, तभी एक भील बालक उत्तर दिशा से दौड़ता हुआ आया। आते ही उसने तीर को पेड़ के तने से निकाला और पूछा, ''आपको चोट तो नहीं आई?'' राणाप्रताप बोले, ''भाई! आपका क्या परिचय है?''

भील बालक ने खुश होकर कहा, ''आप कहीं दूर से आए हैं क्या? कपड़ों से तो राजकुमार लगते हैं। क्या आप पानरवा गाँव में किसी के मेहमान हैं?''

शक्ति सिंह ने कहा, ''मेहमान नहीं, उदयपुर के राणा उदय सिंह के राजकुमार हैं। मैं शक्ति सिंह और ये बड़े भाई प्रताप सिंह।''

भील बालक प्रसन्नता से उछल पड़ा, ''वाह! भावी राणा के दर्शन पाकर धन्य हो गया। मेरा नाम पुंजा है। पानरवा गाँव में भीलों के परिवार रहते हैं। मैं भीलों के सरदार रणधामा का पुत्र हूँ।''

राणाप्रताप ने कहा, ''भाई पुंजा! हम दोनों शिकार खेलते यहाँ तक पहुँच गए। प्यास से व्याकुल होकर मार्ग की तलाश में पेड़ के नीचे बैठने आए थे। अब कहीं से पानी पिलाने का प्रबंध करो।'' पुंजा ने कहा, ''आप हमारे भावी राजा हैं। हमारा गाँव पानरवा बहुत पास है। मेरे साथ चलिए, आपको पानी पिलवाता हूँ।'' शक्ति सिंह ने कहा, ''आप पानी यहीं ले आइए। हम अब गाँव तक भी नहीं जा सकते।'' राणाप्रताप बोले, ''पास ही है तो चलिए, आपका घर भी देख लेंगे।''

शक्ति सिंह का उठने का मन नहीं था, फिर भी उठना पड़ा। तीनों पैदल ही गांव की ओर चले। राजकुमार घोड़ों को वहीं बाँधकर चले गए। पुंजा की माँ ने उनका जोरदार स्वागत किया। उसने बड़े प्रेम से तीनों को दही के साथ पराँठे का अल्पाहार कराया। शक्ति सिंह ने खाने में बहुत संकोच किया, परंतु प्रताप ने जोर से कहा तो खा लिया।

प्रताप बोले, ''माँ, आपने जो प्रेम दिया है, मैं उसे जीवन भर नहीं भूलूँगा।''

पुंजा ने कहा, "आपने राजा होकर भील के घर इतने प्रेम से रूखा-सूखा भोजन खाकर जो कृपा की है, मैं भी उसे कभी नहीं भूल सकता।"

पुंजा की माँ ने तीनों के सिर पर हाथ रखते हुए आशीर्वाद दिया, "भगवान की कृपा से आज तुम तीनों भाई बन गए हो। अब कभी भी यह संबंध न टूटे, यह मेरा आशीर्वाद है।" तीनों प्रणाम करके चल पड़े। पुंजा ने दोनों को घोड़ों सहित राजमार्ग पर लाकर छोड़ दिया।

महाराणा प्रताप जब जंगल में रह रहे थे तो उन्होंने अपनी पूजनीया माताजी को पानरवा गाँव में पुंजा भील के द्वारा सुरक्षित रखवा दिया था। वे भुमिया राजपूत के मकान में रहीं और पुंजा ने उनकी सब प्रकार से सेवा की। बाद में कई किले जीतने के पश्चात महाराणा ने 'चाँवड' को अपनी नई राजधानी बनाया। जब वे अपनी माताश्री को लेने पानरवा गाँव गए तो माताश्री ने बताया, "बेटा! मैं यहाँ सुरक्षित हूँ और प्रसन्न भी। मैं अब यहीं रहना चाहती हूँ। तुम्हारे समान पुंजा भी मेरा पुत्र है, वह मेरा बहुत खयाल रखता है। अत: तुम इसे अपना सगा भाई समझना। मेवाड़ के महाराणा जैसा ही सम्मान पुंजा को भी दिया जाना चाहिए। मेवाड़ के राजचिह्न पर एक ओर प्रताप का तो दूसरी ओर पुंजा का चित्र अंकित हो। पुंजा भील को आज से 'राणा पुंजा' कहा जाए।"

महाराणा ने माताश्री की आज्ञा का पालन किया। महाराणा प्रताप और राणा पुंजा सदैव भाई बने रहे। राणा पुंजा के भील लड़ाकों ने जीवन भर राणा के परिवार की रक्षा करके सेवा और देशप्रेम का अद्‌भुत उदाहरण प्रस्तुत किया।